TRÊS VIÚVAS

Liliane Prata

TRÊS VIÚVAS

Liliane Prata

Planeta

Preparação de texto: Ana Clemente
Revisão: Helena Riscino
Projeto gráfico e diagramação: José Rodolfo Arantes
Capa: Leslie Moraes
Foto de capa: Gwendolyn Plath/Getty images

CIP-BRASIL. CATALOGAÇÃO NA PUBLICAÇÃO
SINDICATO NACIONAL DOS EDITORES DE LIVROS, RJ

P924t

Prata, Liliane
Três viúvas / Liliane Prata. - 1. ed. - São Paulo : Planeta, 2013.
144 p. ; 23 cm.

ISBN 978-85-422-0118-5

1. Romance brasileiro. I. Título.

13-01262 CDD: 869.93
CDU: 821.134.3(81)-3

21/05/2013 21/05/2013

2013

Editora Planeta do Brasil Ltda.
Avenida Francisco Matarazzo, 1500 – 3º andar – conj. 32B
Edifício New York
05001-100 – São Paulo – SP
www.editoraplaneta.com.br
atendimento@editoraplaneta.com.br

Este livro foi composto em MINION PRO
para a Editora Planeta do Brasil
em MAIO de 2013.

Capítulo Um

Quando Cláudia se despediu de Rogério daquela maneira, jamais poderia imaginar que eles nunca mais se veriam, mas se imaginasse não faria diferença, não naquela Cláudia, não naquele dia.

Não tinham se despedido rudemente, não haviam brigado, e, mesmo que houvessem, ela não teria se despedido rudemente, ela que mantinha seu timbre sempre suave, que mal tocava o contexto. Foi uma despedida morna, pastosa, uma despedida boba, como ela frisaria para si mesma, boba, mas isso ela só frisaria meses depois.

Ela ainda dormia quando ele, já vestido, beijou levemente sua boca e disse "Estou indo, amor". "Estou indo, amor": essa frase ainda chegaria aos ouvidos de Cláudia, essa frase que corria lentamente pelo tempo tentando alcançar aqueles ouvidos. A última frase que ele disse, "Estou indo, amor", qual teria sido o tom daquela frase? Ele a beijou e depois disse a frase, ou primeiro disse a frase e depois a beijou. Cláudia não sabia, não se lembrava; maldito sono, devia ter se levantado, devia ter tomado café com ele, devia ter dito como o admirava, mas agora já era tarde, agora já fazia meses... Lá atrás, ela continuou dormindo, mal respondeu aquele "Estou indo, amor", mal sentiu o beijo. Devia ter sorrido. Torcia para que tivesse sorrido.

Naquela manhã, ela se levantou muito depois de ele ter saído. Eram exatamente onze horas, ela não havia olhado o relógio, mas eram onze horas e ela estava na cozinha, esquentando com preguiça a água para o café, vestindo com preguiça um casaco de lã por cima do pijama desbotado; sentira frio ao se levantar e vestiu o casaco torto, enfiado nela de qualquer maneira. Enquanto a água não fervia, ficou na ponta dos pés para tirar do armário alto o pote de vidro com pó de café e o colocou em cima da pia. Tinha sido presente da sogra aquele pote de vidro, assim como quase todos os potes da casa, os de vidro e também os de porcelana. Antes dos presentes, todas as coisas que costumam ser guardadas em potes, o pó de café, o açúcar, o arroz, continuavam nos mesmos sacos em que haviam sido compradas. Cláudia fazia um furinho nos sacos, com os dedos, usava o que precisava usar e devolvia os sacos para os armários, sem fechar. Um dia, quando a sogra estava sentada na mesa daquela cozinha, tomando um café, notou os sacos dentro dos armários, os furos descobertos, o ar entrando e saindo à vontade, e comprou um jogo de cinco potes de vidro, de tamanhos variados. Cláudia agradeceu e guardou os potes, que só foram desembrulhados sete semanas depois, quando a sogra fez nova visita. Depois, vieram os novos potes, um jogo com três, e depois outro com mais cinco, dessa vez de porcelana, e agora todos eles estavam cheios de alguma coisa, enfiados nos armários, enquanto os sacos eram jogados no lixo.

Algumas bolhas finalmente começaram a surgir na água, mas Cláudia não viu. Depois de colocar o pote com café em cima da pia, abriu a janela e passou algum tempo olhando a rua. A grande janela da cozinha ficava em cima de uma bancada de mármore, ao lado da pia, e para ver lá fora era preciso se debruçar sobre a bancada, incomodar a barriga. Ela se debruçou e ficou vendo a rua, um carro, um pedaço de árvore. Cláudia olhava paisagens assim: focava-se em coisas muito pequenas, muito singulares, era o marrom do tronco da árvore, o boné azul da criança, o buraco no asfalto. Ela enquadrava um pequeno ângulo e deixava os olhos parados, olhando, olhando, até pularem para congelar outro pequeno ângulo.

No céu daquela manhã, havia poucas nuvens, e as poucas que haviam eram finas, cheias de falhas, quase translúcidas, mas ela não as viu. Quase não havia vento e as nuvens pareciam imóveis, imóveis e indiferentes. Ela olhava um cachorro dormindo, até que se virou bruscamente, descolou a barriga da bancada e viu que a água da caneca já estava pela metade. Levou a caneca à pia, sem se importar com a alça de alumínio que esquentou sua mão, abriu a torneira e deixou cair mais água. Dessa vez, ficou atenta até o fim e, logo que as primeiras e pequenas bolhas vibraram, desligou o fogo e só então notou que não tinha pegado o coador. Abaixou-se, pegou o coador e o bule no armário embaixo da pia, colocou uma colher cheia de café no coador, pegou a caneca de água quente, mais uma vez sem se importar com a alça de alumínio, passou o café e, quando sentiu aquele cheiro forte subindo rápido em direção ao nariz, franziu o rosto e se virou para pegar uma xícara. Essa hora em que o cheiro do café tentava invadir velozmente suas narinas era sempre um susto, essa hora era quando, de alguma forma, ela sabia que o dia havia começado. Não era uma sensação boa nem ruim: apenas sentia que o dia havia começado.

Como preencher as próximas horas que se juntariam à sua frente, ela não sabia.

Encheu a xícara, desistiu de pegar o pires antes mesmo de abrir novamente o armário de onde havia tirado a xícara, e caminhou até a sala. Sentou-se no sofá marrom, soprou o café, sorveu um pouco dele, engoliu sem pressa e sem vontade. Reparou que o jornal estava espalhado em cima da mesa de madeira, a poucos metros. Rogério sempre lia o jornal antes de sair para o trabalho.

Ele mantinha esse hábito mesmo quando estava atrasado: nesse caso, passava os olhos pelas páginas, rapidamente, antes de se vestir, lavar o rosto, escovar os dentes, pegar as chaves e os documentos do carro e sair, nunca sem dar um beijo nela. Ela nunca tocava o jornal. Às vezes, muito às vezes, acordava com Rogério e tomavam o café juntos. Ele levava o jornal para a cozinha e lia, sentado à mesa, e comentava uma ou outra notícia. Enquanto a água fervia, ela o ouvia, e levava a toalha de mesa para a sala, e levava também pão, manteiga, uma fruta, um pedaço de bolo, o que mais tivesse. Então, depois que ela passava o café, eles iam juntos para a mesa, ele lendo o jornal e comentando uma ou outra notícia, ela ouvindo e, às vezes, movimentando a cabeça para cima e para baixo. Ele então voltava para o quarto, ela tirava a mesa. Ele se arrumava, ela lavava a louça. Ele a beijava, ela trancava a porta. Ela voltava para a cozinha, enchia de novo sua xícara, voltava para o sofá e tomava o café enquanto pensava no que fazer, exatamente como estava agora, exceto pelo fato de que, não tendo tomado café com Rogério, não havia comido, e não comeria tão cedo.

Na maior parte das vezes, já com a xícara vazia, ela ligava a televisão. Mas, para isso, precisava se levantar antes, já que o controle ficava no móvel de madeira escura, ao lado da televisão, e essa decisão de se levantar ou não sempre lhe consumia alguns minutos. Quando finalmente se levantava, era como se tivesse feito todo o esforço do mundo, e, com o controle na mão, sentava--se novamente, aliviada, e ligava a televisão, e só voltava a se levantar depois, bem depois, sem nenhum motivo especial.

Nem sempre via televisão. Às vezes, levantava-se logo depois de tomar o café, sabe-se lá com que força repentina que a havia invadido, e ia para o quarto das coisas de Rogério, o único além do quarto de casal. Era para ser o quarto do bebê, mas o tempo foi passando, o bebê não veio, Rogério foi colocando as coisas dele ali, ela não tinha coisas para pôr ali, e virou o quarto das coisas de Rogério. Ela, então, se encostava à porta e olhava. Era uma pequena estante com livros, uma máquina de escrever que ninguém usava, uma pequena tevê que não funcionava havia anos, algumas roupas, algumas caixas. Ela não mexia em nada, ela nunca havia tocado nenhum dos livros, só olhava a estante, e olhava a janela, e só de pensar em ler era invadida por um cansaço gigantesco, um peso enorme que amassava suas costas e insistia para que se sentasse novamente. Às vezes, o peso era tão grande que, em vez de se sentar, deitava-se. E ficava deitada por horas, muitas horas, sem saber que eram horas e sem chorar, nem dormir.

O momento em que Rogério voltava do trabalho era o mais próximo da alegria. Assim que ouvia o som da chave, seguido pela mão que girava a maçaneta, ela se levantava do sofá ou da cama e ia, com passos lentos, difíceis, pegajosos, mas ia, e se deixava abraçar. Rogério chegava geralmente muito animado, muito sorridente. Ele perguntava sobre seu dia, o que tinha visto na tevê, o que tinha comido, o que tinha pensado. Ela falava, às vezes inventava. Vi um filme muito bom, dizia, e não dizia que tinha dormido no meio do filme, que não tinha conseguido se concentrar, não dizia sobre o que era a história, porque não se lembrava, e inventava. Fui à rua, comi um pastel – mentira, não tinha ido à rua, mal tinha comido. Ele contava como havia sido o trabalho, ela cozinhava algo simples, uma sopa, um caldo, e jantavam. Às vezes viam um filme, às vezes jogavam cartas, às vezes ele ia fazer as coisas dele. Nos finais de semana, não era raro que um casal de amigos ou alguém da família fosse visitá-los. Nessas ocasiões, ela fazia força para vestir uma roupa mais bonita, fazia força para sorrir, fazia força para participar. Não era fácil, nada chamava sua atenção, nada era interessante, mas fazia força, talvez para ver Rogério feliz, talvez para não atrapalhá-lo em sua felicidade. Às vezes perguntava-se por que mentia, por que fazia força, por que participava, e concluía que era para isso: para não atrapalhar. Mentia para não atrapalhar, sorria para não atrapalhar, acompanhava para não atrapalhar, fazia sexo para não atrapalhar.

Ela sabia que estava anestesiada, sabia que estava adormecida por dentro, sabia que seus para quês tinham ido embora e que aceitar viver era o melhor que podia fazer. Tendo Rogério ao seu lado, permanecer viva era um pouco mais fácil, não era bom, mas era um pouco mais fácil, um pouco mais tolerável.

Naquela manhã, depois do café, pensou em ligar a televisão, mas a força para se levantar e pegar o controle não apareceu, nunca, e ela ficou quase meia hora sentada no sofá, a xícara vazia, a cabeça cansada. Como podia ter a cabeça cansada se cada vez pensava menos, se cada vez se desconectava mais. Não sabia como, mas tinha a cabeça cansada, muito cansada, cansada e pesada. Quando finalmente se levantou, pensou em escovar os dentes, por que não escovar os dentes, e foi andando em direção ao banheiro, mas, no caminho, acabou entrando no quarto das coisas de Rogério e parando encostada à porta.

Não havia nada dela naquele quarto. Sim, a estante era dela, era da época de solteira, mas não tinha mais nenhum livro dela, não tinha nem mesmo as partituras. Aquela estante já havia morado em seu quarto, dormido com ela, mas agora era uma desconhecida, agora não se falavam mais. Ela já havia lido, desejado, feito tanta coisa, como será que havia conseguido. Aquela estante era uma estranha à sua frente, aqueles livros eram um monte de páginas que não queriam dizer nada, absolutamente nada, eram páginas silenciosas como a madeira das prateleiras que as sustentavam. Se aquela estante significasse alguma coisa, era só às vezes, era só quando ela olhava bem, era que um dia havia sido uma pessoa diferente, uma pessoa completamente diferente da que era hoje. Mas essa lembrança não a entristecia; ao contrário, ela poderia rir dessa lembrança, poderia gargalhar do seu passado, e só não fazia isso porque não tinha forças, porque não tinha vontade, porque não conseguia, e também não queria gargalhar de nada. Só sorria para os outros, e tomara, ela pensaria depois, tomara que tivesse sorrido quando ele se despediu com seu "Estou indo, amor".

Conhecera Rogério há mais de dez anos. Ela havia acabado de se formar e só havia tido um relacionamento, muito curto, muito superficial. Nunca havia feito planos de casar e não se sentia mal com a ideia de não casar nunca; no fundo achava quase subversivo continuar solteira, era quase subversivo não se incomodar com a falta de perspectiva de um relacionamento sério. Não se entristecia com a ideia de nunca ter filhos, não se amedrontava com a figura, avistada de longe, de um futuro solitário, morando sozinha. Ao contrário, enxergava beleza nesse futuro solitário, talvez torcesse secretamente para que ele chegasse desse jeito, e não de outro.

Naquela época, ela morava com os pais e a irmã, numa cidade a oitocentos quilômetros de onde vivia agora. Naquela época, ela temia pouco e sabia e queria muito, ela que terminava de cursar seu renomado curso superior de música, ela que já dava aulas, ela que tocava desde criança, ela que era o orgulho dos pais e a inveja da irmã.

Ia fazer aula de piano, uma prima mais nova fazia, e a mãe a levou. Tinha sete anos quando reparou no estojo preto no chão, o estojo triste, mudo e trancado ao lado do piano da professora, e talvez tenha sido por pena que pediu para a professora abrir o estojo, e talvez tenha sido por pena que apoiou desajeitada aquele objeto esquisito de madeira no queixo, como a professora havia mostrado. Depois daquele dia, ela não quis mais o piano, queria pegar o estojo, abrir o estojo, reencontrar o esquisito e desengonçado objeto de madeira que dançava em seu ombro, escorregava, subia de novo. A mãe concordou, e ela se alegrou quando saíram para escolher um objeto de madeira esquisito só para ela, um que se ajustasse bem mais ao seu pequenino queixo, um que tivesse um arco menor e um estojo menor. Um estojo bonito, só dela, que agora ela levava para a aula, e agora não encostava nem no piano nem em nenhum objeto de madeira desengonçado e sozinho; agora ela tocava seu violino.

O tempo passou, a prima agora fazia aula de balé, e ela continuava com suas aulas de violino, agora com outra professora, agora com outros métodos, agora que segurava o arco como um aluno segura um lápis e abria o estojo como quem abre a porta de casa.

Gostava de tocar sozinha, adorava tocar para os outros. Ela sempre ajeitava a partitura à sua frente e os cabelos num rabo de cavalo, sempre conferia se as unhas estavam absolutamente rentes à carne, e só então abria o estojo e pegava o arco, e deslizava o pedaço de resina pelas cerdas do arco, e olhava a atenta plateia nos olhos antes de começar. Todos a elogiavam: pais, professores, parentes, todos. Ela sabia que quando abria o estojo o momento era só dela, sabia que surpreendia os outros, ela que estava com apenas doze anos, e era tão talentosa e tão graciosa com seu violino.

As colegas da escola se preocupavam com os namoros, e ela achava tudo uma bobagem. "Cláudia não pode receber ninguém agora, está tocando", ouvia a mãe dizer, sempre com muita gravidade, sempre com muito respeito, e que bom era ouvir aquilo. Muitos colegas a invejavam, muitos pais de colegas a invejavam, a irmã a invejava, e ela aprendeu desde cedo a se deliciar com aquela inveja, aprendeu que sentia muito prazer com o desprazer alheio.

Começou a absorver de tal maneira que era um prodígio que se sentia pertencente a uma carreira internacional como violinista. Sucesso e prestígio não lhe eram estranhos, não lhe eram nem externos, eram dela, e se encaixavam em seus dias como uma consequência natural de estar viva. Quando tomava banho ou quando estava no ônibus, sentada, pensava em que momento a vida lhe entregaria o que sempre havia sido dela. Era uma espera ansiosa, alegre, bem-disposta. O que era dela não demoraria a chegar, porque era só dela, era ela: viver sem ter reconhecimento era caminhar numa escuridão que não era sua, era se perder numa longa espera por algo que fazia parte dela. Era violinista, sempre tinha sido, era violinista dentro dela e dentro da vida que compartilhava com amigos, familiares e aqueles deliciosos invejosos, mas não era para o mundo, queria ser para o mundo. Aquela, escondida na escuridão, não era ela. Queria ser ela.

Ninguém, nem seus pais, nem seus vizinhos, nem mesmo sua irmã, ninguém poderia imaginar que dentro daquela jovem calma, de voz suave e sorriso tranquilo, moravam tantas certezas duras, tantas necessidades urgentes, tantos pensamentos repetitivos.

Passou sem dificuldades no curso de música da melhor universidade, fez os testes muito à vontade, era tudo muito natural. Gostava do silêncio que antecedia os testes, gostava de ajeitar o violino e ver a expectativa dos juízes se desmanchar em enaltecimento quando as primeiras notas saíam. Na faculdade, pela primeira vez, achou que outras pessoas tocavam bem, ela que sempre achou suas professoras ruins, que ainda criança pensava que era uma questão de tempo tocar muito melhor que elas. Ela viu que havia pianistas talentosos, flautistas, saxofonistas, levou um pequeno susto mas se recuperou, ela que agora sabia algo de piano e de violão mas que sempre dizia que não sabia nada, era de violino que entendia, ela que evitava conversar com outros violinistas e que distraía seus ouvidos quando eles tocavam, ela que só oferecia cuidadosamente seus tímpanos para músicos internacionalmente reconhecidos, esses músicos que ela conhecia de longe, em vídeos e discos, a metros do palco.

No fim do primeiro ano de faculdade, começou a dar aulas particulares, ela que praticava o dia todo sem cessar, na universidade, em casa e durante as aulas nas casas dos alunos. Ela considerava dar aulas uma coisa menor, tinha pena de seus professores, achava que se eles fossem talentosos como ela não seriam professores. Nunca estava satisfeita com o número de horas que praticava e estava sempre tentando controlar o relógio, sempre irritada com o tempo que perdia no ônibus ou esperando algum aluno, sempre cronometrando o banho e as refeições, e também as músicas, as aulas, os treinos.

No último ano de faculdade, já se orgulhava do quanto praticava, ela que agora recebia os poucos alunos em casa e quase não comia, ela que só lamentava interromper os treinos com exercícios para suas mãos cheias de calos. Ela agora ouvia o que os colegas iriam fazer depois de formados e achava graça dos planos, um pretendia continuar com suas duas, três bandas, outros queriam tocar em bares, isso ela considerava a bobagem maior, tocar entre barulhos de copos e talheres e garçons, outros queriam dar aula. Às vezes ela se lembrava desses últimos durante suas aulas, imagine, contentar-se com isso, as pessoas se contentam com pouco, talvez porque podem pouco. O plano dela já estava traçado e agora ela dava aulas e praticava como se aulas e práticas fossem companheiros inconvenientes de seu alegre plano, de seu futuro que não estava depois, estava colado nela: ela se formaria e arrumaria as malas, faria um teste para uma orquestra que era referência mundial, que era demais para seus professores e seus colegas tão provincianos, tão sem ambição, os poucos que tentavam, só tentavam depois de anos, e não passavam, ela tentaria agora, tão jovem, e conseguiria, que natural para ela.

Quando ela se formou, começou a preparar a viagem como quem cuida de um tesouro, ela guardava o dinheiro das aulas, ela não tinha medo de falar de seus planos para os familiares e os vizinhos, mas sempre de maneira muito casual, muito simples. Eles perguntavam e ela dizia, com voz doce, abrindo levemente os lábios e cerrando os olhos, pois é, vou viajar, vou começar uma carreira lá fora, não é nada de mais. Nada de mais: ela adorava dizer que não era nada de mais, adorava dizer que era apenas razoável, quando alguém vinha humildemente embevecido lhe elogiar ela já vinha com seus razoáveis – ora, foi apenas razoável, pare com isso, hoje nem foi bom, foi razoável. Seus olhos cerrados, seus lábios suaves e todos os seus poros lhe sussurravam em uníssono que era arrebatadora, impressionante, genial, e ela se inflava de orgulho, e a palavrinha que pulava de seus lábios finos era razoável, que travessa era aquela palavrinha, e como todos os seus poros gostavam dela e se divertiam com ela.

Dentro do avião, de natural ela passou a extasiada: sua carreira de violinista estava começando.

Os primeiros dias solitários em um país distante se passaram envolvidos por uma onda de agitação e euforia que mal reparavam na solidão e na distância. Faltavam alguns dias para o teste e ela andava pelas ruas já escolhendo onde morar, ela que se sentia tão à vontade em sua viagem solitária, que tocava o dia inteiro, que só saía do quarto de hotel para comer e via uma beleza descomunal naquela espera pelo teste. Ela se via de fora, via aquele momento de fora, via com um distanciamento cheio de confiança aquele resto de período de vida que não era dela, aquele prólogo que se aproximava cada vez mais de sua vida de verdade.

O dia do teste chegou e ela foi bem tranquila, ela subiu as escadas do palco como se subisse sempre, ela olhou para os juízes como se os conhecesse, ela não esperava mas tremeu quando colocaram a partitura na sua frente, mal teve tempo de correr os olhos pela imensa partitura quando lhe pediram para começar, ela percebeu que tinha errado um tom logo no segundo compasso e foi pensando nisso que se atrapalhou novamente no terceiro, sua mente dizia era bemol, era bemol, está estragado, tudo está estragado, agora os dedos queriam silêncio e continuavam nervosos, mas os dedos não podiam parar, agora ela já não era a mesma na metade da partitura, sentia pressa, desespero e náusea, seus dedos implorando por silêncio, ela não sentia seus joelhos e não sentia nada, queria sair correndo dali, mas sabia que só podia correr os dedos, e os dedos corriam aflitos, e ela pensava, incrédula, você errou de novo, era uma semicolcheia, você sabe que era uma semicolcheia, não posso acreditar, você errou de novo.

Ela só chorou uma vez, quando se deitou na cama do hotel. Chorou as lágrimas que nem sabia que tinha, babou e cuspiu e se engasgou e apertou o lençol e mordeu os lábios naquele choro desesperado que, entre espasmos, mansidão e sobressaltos, duraria a madrugada inteira.

Passou dias sem dizer uma palavra, comprou a passagem de volta, deixou o violino no quarto do hotel e entrou no avião só com suas roupas e seus documentos.

Mal ouvia as palavras que saíam de sua boca, ao explicar aos outros que havia passado mal no dia do teste, que no ano seguinte haveria outro, que não haveria problema algum tentar novamente no ano seguinte, que já contava com isso.

Suas palavras tinham dado conta dos outros, mas ainda tentavam circunscrever em si mesma aquela circunstância inesperada, aquele desfecho impossível, essas suas palavras que tentavam acalmá-la e ao mesmo tempo enlouquecê-la de tanto correr dentro dela com toda a pressa, em todos os ângulos, com todas as letras, todas as análises, todas as reflexões, todas as repetições, todas as explicações, todas as modalidades de explicações. Foi quando conheceu Rogério.

Ele foi a primeira e única pessoa com quem ela dividiu sua frustração – não toda, só uma parte, só a frustração que cabia na palavra frustração, só a parte finita e palpável do terror sem fim que tomava conta de cada parte dela.

Era uma festa, ela carregava olhos cheios de urgência e inquietação, olhos perdidos dentro da cadeia exaustiva de letras em que sua mente se atirava, olhos que imploravam para se libertar um pouco dos pensamentos. Ela estava exausta, sentada em um banco de concreto daquela universidade em que a prima estudava, aquela prima para quem piano já não significava nada, aquela universidade que não tinha curso de música. Rogério chegou com um copo de cerveja na mão, sorriso e olhos tão abertos, e ela estava tão ávida, tão sedenta, que, quando se deu conta, estava falando de seus sonhos ambiciosos, suas vontades ilimitadas, suas pretensões gigantescas, que ela não considerava nem ambiciosos, nem ilimitadas, nem gigantescas. Ele se assustou, estranhou tanta pretensão e certeza por trás daquela garota magra e suave, mas também se sentiu hipnotizado por aquela determinação desmedida.

Os encontros seguintes foram marcados por um monólogo ansioso e verborrágico da parte dela, que falava de seus sonhos, seus planos, suas vontades, seu futuro, seu modo de ver as coisas. Ela contava que havia passado mal durante o teste, que o faria de novo e surpreenderia todos os juízes, agora que já sabia como era, tinha deixado seu violino lá, mas já havia se recuperado, porque era isso que lhe importava, porque era o que ela era. Ele, que só queria um bom emprego e uma família harmônica, ria, admirava-se, interessava-se. Para ele, ela era a encarnação perfeita de alguém apaixonado pelo que fazia, uma heroína romântica, com seus sonhos desacreditados pela realidade, mas com vontade incansável de vencer. Ele era tranquilo, era uma dessas pessoas que têm uma predisposição natural para a satisfação, um temperamento receptivo a qualquer coisa que vier da vida.

Nos primeiros meses de namoro, ele a incentivou a praticar violino, a retomar as aulas, a planejar sua nova viagem, quem sabe tentar também outros testes, mas era inegável que toda a força vinha dela. Era dela a força de tocar, a força da certeza de que era uma excelente violinista, era dela, e só dela, a força ardente do desejo de ser reconhecida. Ele apenas a seguia, e ela, com as próprias pernas, andava, corria, corria com velocidade e sem limites atrás daquilo em que acreditava, daquilo que julgava ser merecedora, daquilo que julgava ser ela. A força que era dela, e só dela, serviu para que praticasse violino durante várias horas seguidas por cinco meses, serviu para que continuasse suportando as aulas que voltou a dar enquanto aguardava seu triunfal desfecho, serviu para que chegasse a ter vontade de casar e acompanhar o marido recém-contratado por uma grande empresa na mudança para uma cidade a oitocentos quilômetros da sua. Até que a força acabou.

Era difícil saber com exatidão quando começou a acabar. Talvez quando percebeu que a data do novo teste se aproximava e que ela ainda não tinha providenciado as passagens. Talvez no momento em que começou a se irritar por praticar tantas horas e a se machucar inteira com xingamentos a cada pequena distração. Talvez quando o volume de perguntas sobre sua carreira era tamanho que já não conseguia olhar nos olhos de parentes, amigos e incômodos invejosos. Talvez quando um professor a encontrou na rua e perguntou o que ela andava fazendo, e ela respondeu que continuava dando aulas particulares, ela, que repetia seu passado, seu passado que havia se tornado um preâmbulo prolongado.

Ainda havia alguma força quando ela começou a insistir para si mesma: calma, tudo vai dar certo, você é muito talentosa, calma, você vai conseguir, você tem que lutar, você não pode desistir, não pode desistir, não pode desistir...

Mas a força foi embora, um sono sem-fim amorteceu suas entranhas, e ela começou a parar de viver seus dias, agora seus dias apenas passavam por ela, cada vez mais distantes, cada vez mais aerados, cheios de furos por onde entrava e saía o vazio como os sacos que já haviam habitado os armários da cozinha.

Capítulo Dois

Naquela manhã, depois de observar os livros na estante, depois de olhar pela janela, depois de ver tevê, depois de lavar a louça que descansava na pia, depois de olhar mais pela janela, depois de ver mais tevê, depois de comer dois ovos cozidos e uma banana, depois de dormir um pouco, depois de tomar banho, estranhou que Rogério ainda não tivesse chegado. Estava sentada no sofá, pensando no que fazer, quando decidiu ver o relógio de parede da cozinha, mas não se levantou. Não tinha o hábito de olhar as horas, não se sentia bem ao consultar o calendário, não queria se lembrar de que idade tinha, nem de quantos anos restavam: fazia tempo que não media o tempo, apenas se arrastava por uma massa contínua de vida, uma massa amorfa, um bolo de existência sem tamanho nem direção.

O sol estava se pondo e a sala agora tinha um começo de escuridão cinza. Não se levantou para acender as luzes, não se levantou para olhar as horas quando se lembrou: Rogério ia sair com alguns colegas de trabalho, ele tinha avisado na véspera que ia sair com alguns colegas de trabalho, e provavelmente tinha avisado novamente de manhã, quando lhe deu um beijo e disse "Estou indo, amor". Não chegou a sentir alívio, apenas ligou a televisão e acabou adormecendo e sonhando que o telefone tocava. Acordou de madrugada e se assustou ao se perceber solta numa escuridão solitária, só a luz da tevê brilhando para ninguém. Fazia tempo que não sentia seu coração batendo um pouco mais acelerado, seu coração saindo por alguns instantes do ritmo morno que tinha aprendido a seguir, e se levantou de repente, acendeu a luz da sala e disse:

– Rogério?

Não ouviu resposta, a televisão ainda ligada para ninguém, e foi para a cozinha, acendeu a luz e consultou o relógio: duas da manhã. Ainda zonza por ter se levantado de repente, ainda sem entender direito o que acontecia, permaneceu parada, em pé, por alguns instantes, até que voltou para a sala, desligou a televisão e pegou lentamente o telefone, ainda sem saber o que fazer com ele; mas o telefone tocou antes, ela atendeu e foi para o hospital, mas já era tarde demais.

– Um acidente – explicou o médico gordo, amarelado, com olheiras roxas, que tentava parecer sensível, mas parecia apenas cansado, e, de todo modo, ela nem percebeu. Ele gesticulava, explicava, descrevia, mas ela só agarrava do ar algumas palavras bambas. Carro. Um colega. Outro carro. Escuro. Contramão. Ambulância. Tentamos ligar antes. Meia-noite. Bacia. Sangue. Impacto. Sangue. Os órgãos internos, o sangue, o sangue, o sangue.

– Preciso que você veja o corpo – o senhor amarelado continuou, o senhor amarelado das olheiras roxas, e ela levou algum tempo para perceber que o corpo era Rogério. Ela assentiu com a cabeça, acompanhou-o com passos lentos e suaves, passou por um corredor silencioso e muito iluminado, iluminado demais, iluminado que doía, e parou por algum tempo em frente à placa onde se lia 714. Ela não sabia bem por que, mas foi sugada por aquele número marrom, 714, na porta, e foi sugada pela maçaneta branca, e ficou imóvel no corredor, observando o número e a maçaneta branca, até que o senhor amarelado, dentro do quarto, chamou-lhe uma, duas, três vezes.

– Rogério – foi tudo o que ela conseguiu dizer, muito baixo, com uma voz muito doce, e ainda ouviu o senhor amarelado dizendo que saía, mas já voltava.

Ela levou a mão direita ao rosto daquele que era Rogério e corpo, daquele que era uma estranha dualidade. Havia apenas um corte no nariz, um pequeno corte, de onde havia saído muito sangue. Ela não quis levantar o lençol que cobria Rogério e o corpo, ela só passou a mão direita naquele rosto e decidiu beijar aquela testa, e se abaixou e beijou, a cama do hospital incomodando a barriga.

Voltou o senhor amarelado, chegou a mocinha de trança, chegaram os papéis, as assinaturas, as perguntas, os nomes. Ela respondia tudo como se não fosse ela, mas respondia tudo e, de fora, ouvia suas respostas. Tinha todos os sentidos nublados, tinha um contato trêmulo e indefinido com seu exterior, e agora não sentia mais a cabeça pesada, não sentia mais sono nem cansaço, mas não sentia outra coisa, não sentia nada. Seus olhos estavam úmidos, uma umidade muito profunda, de várias camadas de lágrimas, uma por cima da outra, que não caíam. Ela não levou as mãos aos olhos para conter aquela água nem sequer uma vez, não precisava: a água estava presa às suas órbitas, bem presa, e mesmo quando todo o vento do cemitério soprou, ela continuou presa, até secar.

Passaram-se alguns dias até que se visse sozinha em casa novamente.

A mãe tinha ido embora, o pai tinha ido embora, a irmã, a cunhada, a sogra, o sogro, todos tinham ido embora. Na noite anterior, tinha ido dormir logo depois da última despedida, não sentiu a casa vazia, e dormiu tão rápido que não sentiu a cama sozinha, mas agora não havia com quem se distrair, não havia por onde escapar, agora acordava sozinha e sabia que continuaria sozinha até se deitar na cama novamente.

Demorou a se levantar. Abriu os olhos, lembrou-se de tudo e fechou os olhos novamente, como que para descansar, como que para esquecer. Seu interior estava todo estranho, parecia que tinha sido remexido por alguém e agora se acomodava novamente. Levantou-se, foi ao banheiro. Se Rogério havia morrido, por que não estava triste?, pensou. Por que nem isso conseguia mais sentir? O certo não era ficar triste, o certo não era chorar um pouco? Abriu o chuveiro, entrou debaixo da água com seus olhos secos, com seus olhos que trancavam qualquer lágrima, e tentou passar tudo em sua mente de novo, o hospital, a descrição do acidente, a sogra chegando, a mãe, o pai, o velório, o caixão, os abraços, ela se lembrou de tudo, mas nada a afetava, era como se as lembranças a tocassem e a atravessassem e fossem embora: as coisas tocavam seu corpo, mas nada ficava lá dentro, nada era absorvido, digerido, tudo se encostava nela e ia embora pelo outro lado, sem resistência.

Já fora do chuveiro, secando-se com a toalha, olhou-se no espelho e tentou se lembrar: como tinha conhecido Rogério, como tinha sido o casamento, como tinha sido a primeira noite naquela casa, como tinham sido seus dias com ele, como seriam seus dias agora. Se ele é quem deixava sua vida tolerável, por que ela tomava banho e saía do banho como se nada tivesse acontecido, ela se perguntava. Ele foi embora, ela gritou em silêncio, na frente do espelho. Ele foi embora, ela gritou de novo, agora com um fio de voz, mas não adiantava, ela apenas dizia isso sem sentir, apenas libertava essa frase de sua garganta sem saber qual era o gosto dela. Ela saiu do banheiro, vestiu uma blusa, vestiu uma calça, vestiu um casaco, calçou meias e ficou andando pela casa de meias, pensando no que precisava fazer, agora que precisava fazer algo.

Não fez café; em vez disso, sentou-se no sofá, mas não ligou a televisão, ficou pensando. Tinham dito alguma coisa sobre seguro de vida. Tinham dito, não sabia se a sogra, se a mãe, não se lembrava da pessoa que tinha dito, mas tinham dito, e era preciso entender isso. Seguro de vida. Isso significava que ganharia algum dinheiro, mas como, nem sabia que Rogério havia feito um seguro de vida, não estavam inventando, tinham lhe dito, como descobrir isso, precisava descobrir, agora que precisava fazer algo. Essa sensação de precisar fazer algo, esse monte de palavras que interrompia o silêncio em que sua mente havia se afundado, isso lhe era tão exterior, tão estranho, tão diferente daquele emaranhado solto que sentia antes, que a cabeça chegou a reclamar de um pouco de dor, e ela se levantou, foi até a cozinha, abriu a geladeira, pegou pão, manteiga e voltou para o sofá, não sem antes consultar o relógio de parede: eram quinze para meio-dia e ela precisava fazer alguma coisa.

Depois de comer pão com manteiga, foi ao escritório e começou a remexer alguns papéis soltos na bancada de madeira. Era esquisito mexer nas coisas de Rogério, agora sem Rogério e também sem o corpo por perto, agora que era só ela. Era esquisito saber que, à noite, não esperaria por ninguém, não jantaria com ninguém, se é que jantaria. Era esquisito, era diferente, mas era só isso, esquisito e diferente, e talvez se acostumasse em pouco tempo, talvez não se acostumasse nunca, mas era preciso parar de pensar nessas coisas e procurar o papel. Encontrou: sabia que ele tinha anotado num papel o número de telefone do seu trabalho, ela nunca havia telefonado para o escritório, era ele quem lhe telefonava às vezes, oi, como está sua tarde, à noite levarei um colega para jantar conosco, tudo bem? Levou o papel para a sala, pegou o telefone, ligou, chamou, chamou, e se lembrou de que era sábado. Suspirou e se preparou para um sábado esquisito, e depois para um domingo esquisito, os olhos secos, a cabeça agitada e zonza, a televisão, alguns poucos telefonemas, alguns poucos documentos, alguns poucos pães com manteiga.

Capítulo Três

Na segunda-feira de manhã, Cláudia estava sentada num sofá de couro, olhando, olhando, olhando. Era ali que Rogério trabalhava. Homens de terno passavam, mulheres de saia e salto alto passavam, o piso era frio e o sofá também. Tinham lhe pedido para esperar; a moça que cuidava disso ainda não havia chegado, já tinha esquecido o nome dela. Era estranho pensar que Rogério sempre ia àquele prédio e que agora não iria mais, era nisso que pensava sentada no sofá frio, de quem ele era colega, com quem costumava conversar, almoçar. Achou dois ou três rostos familiares, mas não se lembrava de ninguém, e sorriu quando um homem veio abraçá-la e dizer que sentia muito.

– Ele gostava muito de você, falava sempre de você – o homem disse, e ela sorriu, o que mais ela podia fazer, então sorriu.

– Se precisar de algo, Cláudia, me ligue, aqui está meu cartão – disse outro homem, um pouco depois de dizer que sentia muito; esse sabia até o seu nome, será que tinham saído juntos algum dia? Era provável, assim como era provável que Rogério fosse querido pelos colegas, aquele homem podia até conhecer sua casa, podiam ter comido na mesma mesa, ela pensava agora, olhando aquele cartão.

– Cláudia?

Ela tirou os olhos do cartão e viu uma mulher de cabelo curto sorrindo. Sorriu também, ela que sempre achava melhor sorrir também.

– Eu sinto muito. Sou a Joana. Acompanhe-me, por favor. Por aqui. Eu sinto muito, mesmo, Rogério era uma pessoa tão boa, um homem sempre tão tranquilo, bem-humorado e gentil, se dava bem com todos, tantos anos conosco. Uma pena conhecê-la só agora, nessas circunstâncias, ele sempre falava com muito carinho de você, a gente percebe quando uma pessoa é feliz no casamento. Sente-se, por favor.

Ela se sentou em frente a Joana, que tirava alguns papéis de uma gaveta. Estavam numa sala ampla, com mesas divididas por baias, e pensou se Rogério trabalhava naquele andar ou em outro, e quase chegou a perguntar, mas não perguntou. Em vez disso, ficou olhando os sapatos de Joana, os pretos e altos sapatos de Joana que apareciam por baixo da mesa. Não ficavam parados por um instante, por que Joana os mexia tanto – será que Joana gostava de trabalhar ali, Joana que tinha o dia tão diferente do dela, será que Joana era feliz. Havia tantos papéis à sua volta, tantas pessoas, tantos sons, eram vozes, passos, grampeadores, teclas, telefones... Olhou de novo aqueles sapatos: tudo tão diferente de sua casa, tudo tão movimentado, tantas pessoas, e...

– Vou lhe explicar como funciona o seguro – disse Joana, e Cláudia ergueu os olhos e deu um leve sorriso, concordando com a cabeça. – Seu marido escolheu a melhor opção com que trabalhamos. Eu diria que a senhora não terá preocupações financeiras por um bom tempo. Está vendo esse valor aqui? É o que vai receber de uma vez só, e depois haverá esse valor mensal aqui, está vendo? Você não precisa entrar em contato com a seguradora, o RH vai fazer tudo, só um minuto, aqui está a caneta, preciso que assine aqui e aqui, leia com calma, é o contrato-padrão, você trouxe tudo o que pedi pelo telefone?

Cláudia fez que sim com a cabeça e fingia ler os papéis, enquanto passava os olhos rapidamente por aquelas linhas cheias de letras e números, quando viu duas mãos baterem em cima da mesa, duas mãos repentinas, pesadas, barulhentas. Antes de se virar, viu o olhar surpreso de Joana, e então se virou, e então viu a dona daquelas mãos, uma confusão de rosto inchado, olhos vermelhos, cabelo despenteado, quase loiro.

– Eu não aguento mais, disse a mulher. Eu não aguento mais! Eu estava me controlando, juro que estava, mas... quando cheguei aqui... E a voz foi sumindo. Fiz a besteira de visitar a mesa dele antes de vir aqui, que besteira... As coisas dele... A cadeira, o telefone... Meu Deus... Meu Deus...

E a mulher caiu no chão, ao que parecia, desmaiada, e Joana se levantou da cadeira, e Cláudia continuou parada em sua cadeira, olhando, olhando a mulher caída no chão e, depois, olhando à sua volta – todos tinham parado de fazer o que estavam fazendo, todos olhavam aquela cena com curiosidade e, agora, um homem e uma mulher chegavam, apressados, agora ajoelhados, acudindo a mulher.

– Acorde, você está me ouvindo? Consegue me ouvir? Vamos, tente se apoiar em mim, será que chamamos uma ambulância? Vamos – disse Joana –, e a mulher abriu os olhos, ainda deitada.

– Está tudo girando – disse a mulher, por fim, aos três olhares que viu em cima dela, está tudo girando.

– Acho que caiu a pressão – disse a mulher ajoelhada, a que tinha vindo depressa. Vou buscar um copo d'água.

– Pegue sal, se caiu a pressão, melhor sal – disse Joana, que então se virou para a mulher. – Você era a esposa de Márcio?

– Era? Como você pode dizer isso? Eu *sou* a esposa de Márcio, eu sempre serei a esposa de Márcio, ouviu, sempre serei...

E a esposa de Márcio tentou se levantar enquanto falava, não conseguiu, se sentou no chão, bebeu o copo d'água que chegava, colocou um pouco de sal embaixo da língua, suspirou e fechou os olhos. Quando todos pensavam que ela havia se acalmado, inclusive Cláudia, que ainda não havia se mexido na cadeira, a esposa de Márcio começou, então, a chorar, um choro que teve início com uma contorção silenciosa do rosto inteiro, e depois virou lágrimas, e depois o rosto contorcido em lágrimas e sons.

– Pode deixar, pode deixar – pediu Joana ao homem e à mulher que tinham andado depressa, fazendo um sinal para que se fossem, e eles se foram.

A esposa de Márcio chorava, chorava, chorava, e depois vieram os gritinhos, gritinhos agudos, as mãos sendo levadas ao rosto, a baba, a coriza, mais lágrimas. Minha senhora, eu preciso que se acalme. Está me ouvindo? Preciso que você se acalme. Venha, levante-se, ora, você precisa se levantar, vamos, me acompanhe.

E Joana já ia saindo com a esposa de Márcio, quando se lembrou de Cláudia sentada na cadeira; pediu que Cláudia esperasse um pouco, e sumiu com a esposa de Márcio.

"Coitada", Cláudia ouviu alguém dizer, a algumas baias de distância.

"Que louca", ouviu logo depois.

Cláudia levou algum tempo para se lembrar do que estava fazendo antes de a mulher chegar, ah, sim, os papéis, e pegou de novo os papéis e assinou todos, agora sem fingir que lia. Então, deixou a caneta em cima da mesa e ficou olhando a parede branca à sua frente, agora via um mural com recados, mas não queria olhar o mural com recados, queria olhar a parede branca, e ficou olhando a parede branca até Joana voltar.

– Eu a convenci a descansar um pouco numa sala antes de vir assinar os papéis, disse que talvez fosse melhor voltar outro dia, mas ela não quis saber, disse que não queria voltar aqui nunca mais, que não iria conseguir – disse Joana, sentando-se. – Ufa! Tem gente que não sabe se controlar em público. Claro, sei que deve ser uma situação dificílima, mas veja você, que passou pelo mesmo, e consegue se comportar normalmente, não é verdade? Já faz o quê, duas semanas? Não estou dizendo que é fácil, mas já faz duas semanas, essa aí deve ter gritado durante o velório inteiro, e Joana riu. Desculpe, não me entenda mal, Deus que me perdoe... Cada um sabe de si, não é mesmo? Mas pensar que essa mulher tem uma filha, nossa... Uma mãe tem que se controlar, pelo menos por causa dos filhos, não é verdade? Vocês não tiveram filhos, não?

Cláudia confirmou que não, sorrindo. Filhos. Era uma estranha aquela que, onze anos atrás, ao se casar, cogitou tê-los, ou tê-lo; quando pensava em ter filhos pensava em apenas um. Mas os meses foram passando, a vontade foi afrouxando, o filho nunca veio.

– É inegável pensar que, num situação como essa, não ter filhos deixa tudo mais fácil – continuou Joana, observando um a um os papéis. – Quer dizer, posso estar errada, um filho poderia até trazer alegria a essas horas, segurar a tristeza, não é? Também não tenho filhos, mas quero ter um dia. Veja, faltou esse aqui. Isso, por favor. Essa cópia é sua. Agora, a seguradora vai entrar em contato com você. Qualquer problema é só me procurar, mas acredito que não vai haver nada. Mais uma vez, sinto muito, espero que você tenha força nessa hora, é preciso força, não é fácil, mas a vida tem dessas coisas, não podemos fazer nada. É por ali, até mais.

Cláudia agradeceu e saiu andando, um pouco zonza, um pouco cansada. Nem associava mais aquelas paredes a Rogério, agora só queria voltar para casa, não porque quisesse voltar para casa, mas porque, ao se levantar, percebeu como estava cansada. Passou por algumas mesas, andou por um corredor e, em vez de passar pela porta de vidro por onde tinha entrado com Joana, continuou pelo corredor, tentando lembrar por onde tinha passado, tentando reconhecer alguma coisa.

– Ei – alguém disse, uma voz de mulher.

Cláudia se virou, mas não viu nada, além das pessoas que trabalhavam, alheias a ela.

– Ei, aqui – a voz repetiu. – Aqui. Rogério era o seu marido?

E Cláudia olhou para a pequena sala a dois passos de distância, no seu lado direito. Era a mulher que havia desmaiado, a mulher de alguém de quem não se lembrava mais do nome. Estava sentada numa poltrona, descalça, os pés na poltrona, um copo vazio na mão, os olhos ainda bem inchados e vermelhos.

– Não.

– Ah. Que pena. Rogério era o colega que estava com meu marido, tinham saído para tomar uma cerveja, bateram o carro... – Os olhos umedeceram instantaneamente, a voz apertou. – Pode entrar aqui um pouco? A Joana ainda está na mesa dela?

Cláudia oscilou, mas entrou, e ficou em pé, parada em frente à mulher.

– Meu nome é Ísis. Não está sendo fácil... Não está sendo nem um pouco fácil, disse, as lágrimas agora saltando dos olhos. Ele estava com esse colega, Rogério, quero procurar a mulher dele depois, quero ver como ela está. Meu Deus... Eu me sinto toda torta por dentro, o motorista que bateu neles deu marcha a ré e bateu em mim... Ela fez uma pausa, como que tentando respirar. Você... Posso fazer um pedido estranho?

Cláudia não sabia o que responder, era ela quem se sentia estranha, o que estava fazendo dentro daquela sala, ela que estava voltando para casa.

– Pode, respondeu, sorrindo.

– Qual é o seu nome?

– Cláudia.

– Cláudia, me abraça?

E a voz de Ísis sumiu, e Cláudia pediu que ela repetisse, e ela repetiu, e Cláudia se aproximou e lhe deu um abraço frouxo, burocrático, ao qual Ísis se agarrou com toda força, voltando a chorar muito, como a mulher no chão, minutos atrás.

– Acho melhor você ir para casa – disse Cláudia, por fim, com a voz doce.

– Acho que não vou conseguir... Não tenho força para nada, não consigo sequer respirar como antes... Se a Paula não existisse, ah, eu dava um fim a isso tudo, mas a Paula precisa de mim, ela não tem culpa de nada...

– Você precisa ir para casa, vamos pedir para alguém chamar um táxi, quem poderia chamar um táxi.

– Mas por que eu preciso ir para casa? – Ísis a soltou, finalmente. – Vou fazer o que lá? Você por acaso sabe o que é ficar sozinha em casa, olhando para as paredes, pensando que o homem que você amava... O homem que você amava não está mais com você, e nunca vai voltar, como é difícil dizer isso, meu Deus... Amanhã ou depois tenho que pegar Paula na casa da minha mãe... Preciso pegar, mas até lá estou sozinha, não sei o que é pior, nesse momento, se é ficar sozinha ou Paula me ver sozinha.

Cláudia olhou aquele cabelo desbotado, aquele rosto amarrotado, aqueles olhos líquidos, e quase sentiu pena, mas seu cansaço era cada vez maior.

– Não vai descer comigo? Preciso ir.

– Você trabalha?

– Não.

– Tem filhos?

– Não, gaguejou. Ia dizer que tinha, mas gaguejou e disse não.

– Por que precisa ir?

– Vou encontrar uma amiga.

– Posso ir com você?

Cláudia apenas a olhou, sem saber o que responder. Nem sabia se queria ou não aquela companhia, mas era tão estranho aquilo, precisava ir embora, não sabia o que responder.

– Por favor, me deixe ir com você. Minha sensação é de que vou enlouquecer. Não quero voltar para casa e ficar sozinha, eu não aguento mais. Se você soubesse... Parece que tem uma tonelada em cima das minhas costas, até agora não consigo acreditar que isso tudo está realmente acontecendo...

Cláudia olhou aquele rosto inchado à sua frente e agora não sentia nada além de um incômodo crescente por uma pausa que se mostrava infinita, dura, distante, uma pausa silenciosa que exigia: vamos, diga alguma coisa, diga algo para essa mulher, Ísis, é esse o nome dela, diga algo para Ísis agora.

– Acho que você pode ir comigo, sim, mas não posso demorar.

E Cláudia sorriu, e Ísis enxugou os olhos e também sorriu, se levantou e pediu:

– Só não vamos falar do meu marido, por favor, senão, vou derreter inteira e não vai sobrar nada de mim.

A sala era pequena e bagunçada, havia bonecas e canetas coloridas pelo chão marrom, o cheiro era diferente, um cheiro de cera misturado com pelúcia e mel.

– Que piso bem encerado.

Cláudia se repreendeu em silêncio logo depois de ter dito que piso bem encerado, ora, que comentário bobo, inútil, mas sentia que precisava dizer alguma coisa, não falava nada havia tantos minutos, só ouvia, assentia com a cabeça, sorria, concordava com uma ou duas palavras e olhava para não sabia onde. Tinha acabado de entrar no apartamento de Ísis, que fechou a porta e começou a recolher algumas das canetas espalhadas pelo chão.

– Essas coisas estão espalhadas faz uma semana. Vou aproveitar que você está aqui para arrumar, depois que você for embora só vou chorar e não terei condições de fazer mais nada, preciso aproveitar.

Tinham caminhado da empresa até o prédio onde ela morava, depois de terem aguardado por quase trinta minutos, em um restaurante, a amiga que Cláudia disse esperar. Ísis disse que precisava comer alguma coisa, não comia nada minimamente substancioso havia dias, e acabaram almoçando as duas, Cláudia deixou a maior parte do purê de batata, mas comeu o peixe quase inteiro, fazia tempo que não comia peixe, e Ísis mal conseguiu tocar em sua lasanha.

– Perdi três quilos esta semana, contabilizou, passando com o garfo na lasanha. Parece que já estou satisfeita, não sei explicar. Parece que estou cheia de comida até o pescoço. Não queria ficar com cara de doente, mas não vai ter outro jeito. Veja, minha massa já esfriou. Diga alguma coisa, para me distrair. Qualquer coisa. Você é casada, Cláudia?

– Não mais.

– Divorciada?

– Há alguns anos.

– Deve ter sido difícil, não foi? Você vê, cinco anos atrás, eu também me divorciei, fiquei seis anos com meu ex-marido e nos separamos, e você sabe como as mulheres que se separaram são vistas, não sabe, você sabe como é difícil. Eu era tão nova, e já estava me separando, e já tinha que cuidar de Paula, meu Deus, não desejo o que passei para ninguém. Casei por causa de uma paixão avassaladora, você sabe o que é isso, certo, todos sabem. Pois bem, peguei o vagabundo na cama com outra, e isso eu não admito, posso admitir muita coisa, mas isso não admito. Fiquei louca da vida, rasguei tudo o que encontrei pela frente, cheguei a jogar as roupas dele pela janela, só não gritei mais alto porque Paula estava dormindo... Ela sorriu um sorriso triste. Sofri tanto, como sofri, como emagreci, nunca pensei que fosse acabar me apaixonando de novo por alguém, até conhecer Márcio e... Como eu poderia imaginar que isso fosse acontecer agora... Éramos tão felizes, éramos realmente felizes... E ela pegou o guardanapo e esfregou com força nos olhos. Com você também foi assim?

– Foi muito sofrido, separar é sempre muito sofrido...

– Quem tomou a iniciativa, você ou ele?

– Nós dois... Quero dizer, talvez tenha sido mais eu.

– É sempre assim. A situação pode estar um inferno, mas eles não fazem nada, quem toma a iniciativa é a gente, e ela fez uma pausa. Veja, realmente não tenho condições de passar a tarde sozinha, eu realmente estou com medo de fazer uma besteira, há chances de eu fazer isso, você sabe do que estou falando, eu não posso fazer isso por causa da Paula... Você iria à minha casa depois daqui? Não é longe, podemos ir caminhando, é bom porque assim eu vou tomar um pouco de sol, fiquei trancada durante dias. Você iria comigo?

– Eu...

– Não posso chamar minha mãe, ela me telefonou a manhã toda, dizendo que preciso pegar Paula, que preciso fazer força para me recompor... Se fosse ela que estivesse passando por isso, eu queria ver... Não nos damos muito bem, minha mãe é uma louca, não sei o que é pior, ficar sozinha lá em casa ou com minha mãe... Posso pedir a conta? Podemos ir?

Foram caminhando, nos primeiros minutos Ísis falou um pouco de Márcio, de como ele gostava de tudo que era feito de milho, tinham passado em frente a um ambulante que vendia mingau, pamonha e outras coisas de milho. Depois que comentou isso, não falou mais nada, a não ser frases curtas – já está chegando, é aquele prédio azul. Não tinha percebido, mas o buraco estava crescendo dentro dela, o mesmo buraco que tinha sido aberto dez dias antes, quando Márcio morreu. Era um buraco escuro, de bordas ásperas, não tinha fundo, e aparentemente não tinha tamanho fixo, porque, ao sair de casa de manhã, ele se fechou um pouco, voltou a se abrir, é verdade, mas tinha se mantido fechado durante o almoço e no início da caminhada. Agora, o buraco se abria de novo, o buraco se alastrava com vontade, o buraco queria engolir o mundo, e dele exalava um odor que contaminava tudo, e dele saía também um veneno que azedava tudo, e Ísis sentiu um vento gelado, um aperto no pescoço, uma força que a sugava para o chão.

Subiram as escadas, Ísis pálida, trêmula, Cláudia um pouco menos incomodada, claro que a vida era um incômodo, mas ao incômodo da vida ela já estava acostumada. Quando entraram no apartamento, quis dizer alguma coisa, depois que disse, voltou a ficar menos incomodada, depois de ter acompanhado Ísis sem vontade, depois de ter almoçado na rua sem vontade, depois de ter ido parar ali naquele apartamento sem vontade, sentiu-se confortável pela primeira vez, agora que estava sentada no sofá.

Capítulo Quatro

Ísis acordou por volta das seis da manhã, olhou para o lado e viu Márcio, era bom acordar, olhar para o lado e ver Márcio, quase todas as manhãs percebia como era bom vê-lo a seu lado. Aproximou-se, beijou-lhe a boca, os olhos, o nariz, qualquer pedaço de rosto que ia surgindo e atravessando seu sono, sua feliz moleza matutina. Ele murmurou qualquer coisa, ela entendeu qualquer coisa, deitou a cabeça em seu peito e adormeceu novamente. Acordou meia hora depois, consultou o relógio em cima do criado-mudo e, de repente, teve uma ideia, uma ideia que a despertou: queria fazer panquecas, havia quanto tempo não fazia panquecas! Como era mesmo a receita? Farinha tem, ovo tem, manteiga tem, é muito fácil, que boa ideia. Levantou-se com um só gesto, depois de dar um beijo silencioso no rosto de Márcio: não queria acordá-lo, não queria acordar Paula, queria que os dois acordassem somente quando as panquecas estivessem prontas.

Não calçou os chinelos, andou descalça até o banheiro, pegou o robe pendurado atrás da porta e vestiu por cima da camisola branca. Prendeu o cabelo num coque, lavou o rosto, enxugou, lavou as mãos, era preciso ir rápido, qual frigideira era melhor, a média ou a pequena? Saiu do quarto escuro, gostou de ver que o sol entrava na sala, a sala era bem iluminada, o dia estava bonito, e abriu a janela da sala e depois a janela da cozinha antes de pegar a farinha, os ovos, a manteiga, o açúcar, o pote laranja, a frigideira média: a pequena venceu, a massa fica mais perfeita, na pequena é mais fácil virar a massa.

Márcio chegou quando o cheiro de mel e manteiga já estava na cozinha e escapava pelo corredor, quando a pequena mesa de três lugares já estava posta: pão, leite, café, manteiga, mel, e panquecas chegando uma a uma, quentinhas, cheirosas. Paula ainda está dormindo, ela disse, quando ele a beijou com rosto cheio de sono, com a boca ainda seca, o hálito forte e a voz rouca, e ela repassaria esse momento várias vezes em sua cabeça, o momento em que ele a beijou na cozinha, o cheiro dele misturado ao mel e à manteiga, como era bom o cheiro dele. Já tinha vestido a calça social, mas continuava com a camisa do pijama azul, de uns tempos para cá vinha fazendo isso, tomando café da manhã meio vestido para sair, meio vestido para dormir, já tinha engordurado três camisas com manteiga. Ele saiu da cozinha para chamar Paula, ela apareceu em menos de um minuto, descabelada e muda, só dizendo sua primeira frase do dia depois da primeira garfada, e os três comeram todos os nove discos de massa.

– Devo sair com o pessoal do trabalho hoje, ele disse, tirando a mesa. Paula estava no quarto, se arrumando para sair, Ísis lavava a louça.

– De novo?

– Como de novo? A última vez que saímos já faz duas semanas.

– Não, não faz duas semanas, a última vez que você saiu foi semana passada, não esperava que fosse sair hoje, por que não avisou antes? Pensei que fôssemos jantar juntos; hoje chegarei mais cedo, queria ver um filme com você, você vai mesmo sair hoje?

– Também não demoro tanto assim. Chego e vemos o filme, já combinei com o pessoal; nem vou de carro, o Rogério vai me trazer.

– Ora, se vai voltar de carona, não sabe se vai ou não vai demorar!

Ela voltou a lavar a louça, mordendo com força os lábios, ele beijou a cabeça dela e voltou para o quarto, e ela pensaria muito nessa conversa, sempre com uma mistura contraditória de arrependimento: arrependimento porque havia sido ríspida, não queria ter sido ríspida, e arrependimento por não ter sido mais ríspida, queria ter insistido para que ele não saísse à noite, deveria ter sido mais ríspida. Odiava ter ficado brava, que motivo bobo, que bobagem, mas devia ter brigado com ele, devia ter brigado muito mais, ele não teria saído, ele não teria saído. Ainda bem, ela pensava, ainda bem que, antes de ele sair para o trabalho, já tinham se acertado, ainda bem que depois ela foi ao quarto e o beijou quando ele estava quase pronto para sair, ainda bem que chegaram a se deitar na cama, a se beijar e a se acariciar, ele riu, dizendo que não podia ficar amarrotado, ela riu, depois o beijou, era desse momento naquele dia que ela queria se lembrar.

Ele saiu, ela tomou banho, trocou-se, disse para Paula parar de ver tevê e fazer a lição, foi ao supermercado, voltou, guardou as compras, começou a fazer o almoço, tirou as dúvidas de Paula, mandou Paula tomar banho e se arrumar, serviu a mesa, almoçou, tirou a mesa e foi levar Paula à escola. Foram de carro, ela não gostava de dirigir, mas sempre dirigia. Gostava de fazer tudo caminhando, observando as coisas, as pessoas, pensando na vida. Quando precisava ir a algum lugar mais longe, tomava um ônibus e ficava fazendo isso, pensando na vida, ou lendo, gostava de ler revistas, mais raramente livros, às vezes fazia palavras cruzadas, às vezes pegava alguns gibis de Paula. Deixou Paula na escola, eram oito ou dez quarteirões de casa, teriam sido quinze minutos de caminhada, e foi para a outra escola, a escola em que trabalhava. Essa era mais longe; nessa, ela costumava ir de ônibus, mas não precisava ir todo dia, naquele semestre eram duas ou três vezes por semana.

Estacionou com alguma dificuldade em frente ao muro cinza e sujo, tinha dificuldade de estacionar. Cumprimentou o porteiro, entrou, olá, dona Maria do Carmo, Como vai, Isadora, aquela que veio buscá-la ontem era sua filha, daquele tamanho, meu Deus, dezoito anos já, tentei alcançar vocês, não consegui. Entrou na sala dos professores, ainda vazia, pegou um copo de plástico, encheu o copo de plástico na garrafa térmica, como gostava desse momento, levar o copo de plástico à garrafa térmica, apertar o botão da garrafa térmica e ver o copo de plástico se enchendo de café, e ouvir o barulhinho do café descendo e batendo no fundo do copo de plástico. Quando ela apertava o botão da garrafa e ouvia o som rouco e triste de que não havia café, que pequena tragédia. Era o pequeno assombro de suas manhãs na escola, mas esse pequeno assombro iluminava ainda mais a maravilha de quando o café descia com força e fumaça e batia no copo de plástico, e era esse momento que ela degustava agora. Depois disso, costumava dar alguns passos, encostar-se na porta da sala e beber o café, olhando os alunos no pátio, sorrindo para os olhos que se cruzavam, cumprimentando os professores que chegavam, ao som de risadas, vozes, armários, escaninhos, portas, papéis.

Havia sido professora até alguns anos atrás, fez magistério quando mais jovem. Sofria com as dificuldades, sofreu muito numa época em que trabalhou muito, numa época em que pegou mais aulas do que podia e queria dar, sofria quando não havia material de trabalho para todos os alunos, e também quando via alunos que só conversavam e mais nada, nesse caso sofria e se irritava, mas como gostava de ensinar, principalmente para crianças, como gostava de conhecê-las no início do ano, acompanhar o aprendizado de cada uma, o jeito de ser de cada uma, receber o abraço e o beijo de cada uma – alguns professores não gostavam de beijos e abraços das crianças, ela gostava. Dava aula de uma disciplina chamada trabalhos manuais, ensinava a fazer vasos, porta-joias, caixas decoradas, pesos de papel, pesos de porta, usava materiais variados, madeira, tinta, papel, azulejo, vidro, gesso. Muitos alunos tomavam gosto pela atividade, faziam peças bonitas e vendiam, soube de muitos que ajudavam suas famílias vendendo peças que tinham aprendido com ela, isso a deixava feliz.

Quando a disciplina foi extinta do currículo obrigatório das escolas municipais, ela chorou muito, ela mal podia acreditar, ela ficou tão chateada e sentiu tanta raiva, mas lhe ofereceram a possibilidade de ministrar aulas de outra disciplina, poderia ser Ciências, poderia ser Matemática, ela só teria que fazer alguns cursos, ela não entendia muito de Ciências ou de Matemática, mas não havia problema, era só fazer esses cursos, aplicar as cartilhas do governo em sala de aula e não havia problema, ela continuaria empregada na mesma escola. Mas ela não quis, queria dar aula de trabalhos manuais, deixou seu cargo público de professora, passou a organizar oficinas livres em organizações não governamentais, em projetos do governo e nessa escola, onde havia dado aulas por anos, onde era muito querida por alunos e por colegas. Nessa escola não ganhava agora um centavo, sua oficina não era sequer regulamentada ou fiscalizada, mas a diretora lhe arranjou uma salinha, a sala antiga agora estava ocupada, os professores se juntavam para pagar os materiais, os alunos participavam de suas oficinas nos horários em que não tinham aulas e ela dava suas oficinas duas ou três vezes por semana.

Naquela tarde, ela deu duas oficinas, e no intervalo andou algumas quadras até uma lanchonete próxima à escola, onde tomou café e comeu uma cocada, e telefonou para Márcio. O telefonema para Márcio: ele tinha uma reunião dali a poucos minutos, conversaram muito rapidamente, como está o seu dia, como está o seu, a que horas você volta, ah, é mesmo, você vai sair, bem, até à noite, beijo, até mais. Ela desligou o telefone murcha, não gostava que ele saísse com os colegas do trabalho, não com aquela frequência; ela ficava tão chateada, por que preferir sair com os colegas a voltar para casa, e se ele conhecesse alguém, mas talvez estivesse exagerando, talvez pudesse melhorar, já tinha melhorado, talvez pudesse melhorar.

Quando se conheceram, ela havia acabado de se separar e, naquela época, não aceitava que ele saísse sem ela; ele saía mesmo assim, sem brigar, era verdade, ele não era de brigar, mas ele saía mesmo assim, e ela chorava, e gritava, e chantageava, e insistia em acompanhá-lo, às vezes ele concordava, mas não sempre. São colegas de trabalho, ninguém vai levar ninguém, você nos acompanhou semana passada, deixe-me ir sem você esta semana. Era duro, ela nunca tinha vontade de sair sem ele, ela gostava muito de tantas pessoas que conhecia pela vida, mas sempre preferia que ele fosse junto, e era doloroso pensar que para ele não era.

Às vezes, surpreendia-se com o quanto gostava dele: tinha tanto amor por Paula, desde que soube que a tinha em sua barriga, e, mesmo assim, às vezes se via torcendo para que Paula fosse dormir cedo e pudesse ficar mais à vontade com ele, só os dois. Nessas horas, ela se repreendia – mas que torcia, torcia –, e se surpreendia mais uma vez com esse querer tão grande por Márcio, como era grande e novo esse querer. Ela não se lembrava, mas, no primeiro casamento, também se surpreendia com o quanto amava seu marido, Jorge, ela amava muito Jorge, amava demais, e às vezes deixava Paula em segundo plano, Paula era um bebê, mas não era falta de amor, amava muito Paula.

A noite chegou, ela saiu da escola com certa pressa, costumava sair com certa pressa: queria pegar Paula, queria passar na padaria, queria jantar, queria ficar com Márcio, ah, Márcio hoje não, puxa, por que ele quis sair em vez de ficar comigo, puxa, que pena. Se soubesse que a última manhã que via Márcio tinha passado, se soubesse que aquela era a última noite que esperava a volta de Márcio, a última noite que contava com a presença de Márcio. Não sabia, foi buscar Paula, foi à padaria, jantou e arrumou a cozinha, e esperou como quem não sabia.

Às nove e meia da noite, esperou mais forte, Márcio chegaria em breve. Paula estava se arrumando para dormir, Ísis queria tomar outro banho, tomou. Às dez, a expectativa virou urgência, ele está chegando, às dez e meia, pensou em telefonar para a casa de Rogério, nunca tinha telefonado para lá, não conhecia a mulher dele, mas tinha o número, telefonou, ninguém atendeu. Onze, onze e meia, ficou brava, muito brava, chorou de raiva, depois veio a sensação ruim, a dúvida, a preocupação, o desespero e finalmente o telefonema, o último telefonema que atenderia quando era aquela pessoa que esperava Márcio.

Mal conseguiu escrever o bilhete para Paula, se tiver acordado, mamãe saiu e já volta, suas mãos tremiam, a cabeça flutuava, o corpo tomava providência mas a cabeça não tinha entendido, não pode ser, aquela não era ela, aquilo não era aquilo. Tomou um táxi, ainda no caminho escaparam as primeiras lágrimas, ainda no caminho as coisas lá fora começaram a ficar tortas, sinuosas. Ainda conseguiu pagar o taxista, ainda conseguiu ligar para a mãe, foi só o que conseguiu fazer com certa consciência do que fazia. Depois daí, só ficou sabendo pelos outros: tinha entrado no hospital correndo, tinha desmaiado, tinha gritado, tinha se debatido e, finalmente, tinha entrado em estado de choque, e só acordou seis horas depois.

Vieram as noites sem sono. Só três dias depois, abraçada a um punhado de roupas de Márcio, camisas e blusas com o cheiro de Márcio, conseguiu dormir. A mãe lhe deu de comer na boca, a mãe lhe deu remédio, Paula chorava ao não ver nem Márcio nem a mãe em casa. Porque não era Ísis, era a sombra de Ísis, era uma Ísis inanimada, uma não Ísis, uma não Ísis que chorava, mas uma não Ísis. Já tinha conhecido outros buracos, mas não um buraco como aquele, não com as bordas tão ásperas, não com uma escuridão tão sem fim. Os outros buracos haviam fechado, aquele era sem fim, será que poderia acabar? Cinco dias depois, a mãe a viu deitada no chão da sala, babando. Paula estava na escola, Paula era tão nova e tinha ido sozinha, caminhando, a mãe disse: ou você encara isso de frente, ou vou levar Paula comigo. Ísis não disse nada, ela levou Paula com ela, Ísis continuou babando, continuou sendo engolida pelo buraco, aquele ralo escuro por onde havia escoado sua vida.

Capítulo Cinco

Ísis recolhia as canetas coloridas da sala, bateu os olhos num desenho de Paula, segurou o papel e ele lhe pareceu pesado, pesado. Cláudia estava na cozinha, preparando um café, tinha pedido para preparar um café e Ísis tinha concordado, e Ísis percebeu que queria se deitar, tinha visita, tinha a companhia daquela estranha, mas queria se deitar, precisava se deitar, sentia-se horrivelmente fraca. Foi até a cozinha, pediu que Cláudia ficasse à vontade, ela não se sentia bem, iria para o quarto e já voltava. Deu alguns passos lentos pelo corredor, pisando sem sentir que pisava, entrou no quarto, fechou a porta, viu a cama grande, a cama imensa, e se abandonou nela.

Vamos ser razoáveis, isso nunca vai passar, vamos ser razoáveis, você não tem força nem para se manter em pé, mas com quem Paula ficaria? Ora, com minha mãe, minha mãe tem defeitos, mas ama muito Paula, Paula gosta dela, minha mãe não lhe deixaria faltar nada, e tem o dinheiro do seguro de vida, não tem, esse dinheiro iria para as duas, não iria? Então, ela se levantou subitamente, abriu a gaveta do criado-mudo, está aqui em algum lugar, e encontrou a tesoura pontuda, pegou a tesoura pontuda e fechou a gaveta e alisou a tesoura pontuda, e olhou para a cama imensa, olhou para o armário imenso, olhou para o quarto imenso e se deitou outra vez.

Cláudia tomava seu café olhando pela janela da cozinha, não deixava de ser interessante olhar a janela de outro ambiente, era um ângulo diferente, lá fora ficava embaixo, o apartamento ficava no terceiro andar, havia também um prédio na frente, algumas pessoas e mais algumas coisas, ela olhou uma coisa de cada vez. Saiu da cozinha com a xícara na mão, olhou para a porta do quarto fechada, voltou para a sala. Em cima do móvel da televisão havia alguns porta-retratos e olhou as fotos por alguns momentos. Ísis lhe pareceu bastante sorridente em todas as fotos, não havia olheiras, não havia rosto inchado. Márcio era calvo, mas parecia jovem, mais jovem que Rogério, devia ter a idade de Ísis, quantos anos teria Ísis? Talvez devesse comentar que Rogério era seu marido, mas que preguiça sentiu ao pensar nas perguntas que viriam, Ísis perguntaria como ela estava, como tinha recebido a notícia, que preguiça, e não pensou mais nisso. Olhou a mesa de vidro e seis cadeiras, havia um vaso de flores no meio. O café acabou, pensou em ir embora sem avisar, poderia deixar um bilhete, mas pensou em sua casa, pensou nas horas que ainda faltavam para terminar o dia, preferiu ficar mais um pouco.

Só agora viu o revisteiro branco ao lado do sofá, pegou três revistas, pôs no colo e se sentou, e começou a folhear as revistas, sem ler. Olhou a sala mais uma vez, viu de longe os porta-retratos, e pela primeira vez teve pena de Ísis, e pensou que não queria estar no lugar dela. Ora, eu estou no lugar dela, pensou, mas se corrigiu logo em seguida, é que Ísis está sofrendo muito, Ísis parece estar sofrendo demais, e ainda tinha Paula, que bom que ela não tinha filhos. Sentiu-se quase alegre ao se lembrar disso, que bom que não tinha filhos. Que bom deve ser não ter tempo, mas tempo havia de sobra, e seria bom não ter filhos nem tempo.

E se arrumasse um trabalho... Não tinha vontade de trabalhar, mas a ideia lhe passou veloz pela cabeça, não percebeu de onde vinha ou onde ia dar. Nunca havia trabalhado, já tinha dado aulas, melhor nem se lembrar, nunca havia trabalhado. Mas que trabalho seria? Lecionar estava fora de questão, pensar em qualquer instrumento fazia seu corpo todo doer, poderia ser vendedora, poderia fazer doces, começou a sentir uma sensação ruim e parou de pensar nisso. Não é preciso trabalhar para encher o dia, é possível fazer cursos, há cursos de jardinagem, há cursos de culinária – a sensação ruim passou, mas um cansaço veio. Parou de pensar, terminou de folhear a primeira revista e então pensou nos pais, por que não voltava a morar com eles. Não lhe parecia uma saída estranha, parecia-lhe normal, a mãe mesmo tinha lhe proposto isso, não tinha, ela era viúva, era isso o que era agora, viúva, e era razoável que voltasse à sua cidade, era razoável que voltasse a morar com os pais. Ela acordaria, tomaria café, ajudaria a mãe a preparar o almoço, ajudaria a mãe a arrumar a casa, o tempo voa quando se arruma a casa, numa casa com três pessoas há muito o que arrumar. Nos finais de semana, poderia visitar os parentes, havia tempo que não visitava ninguém. Na segunda-feira, começaria tudo de novo, talvez viajasse uma vez por ano, os pais costumavam visitar parentes no interior... será... Começou a folhear a segunda revista, não tinha vontade de ir, mas não tinha vontade de ficar, e decidiu não pensar mais nisso, não por ora, mas precisava fazer alguma coisa, não porque quisesse, mas porque tinha tempo e tinha que preencher esse tempo.

– Vamos buscar Paula?

Era Ísis, parada ao lado do sofá, rosto inchado.

– Melhorou.

– Melhorei. Dormi. Ainda tem café?

Capítulo Seis

Cláudia girou a chave, entrou, trancou a porta e colocou o saco de pão em cima da mesa. Lembrou-se de que também queria ter comprado manteiga, não era possível, tinha saído para comprar pão e manteiga, comprou somente o pão. Foi até a cozinha, bebeu um copo d'água, pensou em deixar para voltar à padaria mais tarde, mas acabou abrindo a porta e saindo. Fazia uma semana que estava no apartamento de Ísis.

Uma semana antes, enquanto acompanhava Ísis até sua mãe, decidiu que voltaria para casa logo em seguida. Não tinha vontade de voltar, mas, ora, não havia sentido continuar com Ísis, nem sequer conhecia aquela mulher, era preciso voltar, juntar forças para alguma coisa e tomar alguma decisão. Entrou na casa amarela, cumprimentou a senhora de cabelos brancos e corpo esbelto, conheceu a menina, a menina que tinha o cabelo claro da mãe e o rosto redondo, acabou ficando para jantar, acabou ajudando a lavar louça, acabou aceitando uma fatia de bolo.

– Que bom que você ficou com Ísis hoje, disse a senhora de cabelo branco e corpo esbelto, qual era mesmo o nome dela, Soraia. A menina estava quieta, comendo bolo e vendo televisão. Ela sempre diz que é cheia de amigos, adora dizer que conhece tantas pessoas, mas onde estão todos agora?, perguntou Soraia. Nessas horas, os amigos somem, resta só a família, se pelo menos ela desse valor.

– Todos os professores da escola têm me telefonado, respondeu Ísis, com a aparência um pouco melhor do que no trajeto até a casa da mãe.

– Telefonado, telefonado! Uma pessoa que você conheceu hoje tem mais sensibilidade do que aqueles que a conhecem há anos; Cláudia não deixou seu número de telefone e foi embora, ela está com você. Nessas horas, a gente precisa é de companhia, não pode dormir sozinho. Por que vocês não dormem todas aqui?

– Não quero dormir aqui! – a menina gritou, de repente.

– Nem pensar, mãe, tenho a minha casa.

– Tem sua casa, mas não adianta nada ter sua casa e ficar chorando o dia inteiro, se for para chorar o dia inteiro e não conseguir ficar sozinha que fique aqui de uma vez, ora, vocês três.

– Mãe, Cláudia já não deve me aguentar mais, ela tem a vida dela.

Cláudia sorriu e disse que não era nenhum incômodo acompanhá-la.

– Além disso, já estou melhor, já estou me adaptando, disse Ísis, os olhos úmidos. Amanhã, mocinha, a mamãe já volta a levar você à escola.

– A professora disse que ela não está prestando atenção em nada, Soraia disse.

– Ssshh! Não fala isso na frente dela, que ela vai começar a achar isso bonito. E é normal que não preste atenção por um tempo, é mais do que normal, queria o quê, que ela nem se importasse?

Olhando para a televisão, Paula nem piscava.

As três foram embora por volta das nove da noite, Ísis disse que deixaria Cláudia em sua casa, Cláudia não tinha vontade nenhuma de ir para casa, de novo sentiu o peso do tempo, mas diria o quê, concordou. No caminho, Ísis foi se sentindo mais e mais zonza, parecia ter espuma no lugar dos órgãos, parecia ter espectros em vez de corpo, em vez de filha, em vez de Cláudia, em vez de carro. Quando estacionou, suas mãos tremiam.

– Você está bem, perguntou Cláudia.

– Eu não sei, eu... Acho que vou desmaiar...

– Mãe!

Como uma lagarta, Ísis deslizou até o banco de passageiro, Cláudia tomou a direção, fazia anos que não dirigia, o carro morreu várias vezes, Paula começou a gritar e chorar, Ísis ficou o tempo todo com os pés no banco, a cabeça enfiada nos joelhos. Subiram até o apartamento, Ísis pediu que ela ficasse só até tomar banho, tomou banho, chorou, deitou-se na cama, abraçou e cheirou uma blusa de Márcio, viu o quarto imenso, chorou, voltou para a sala e viu Cláudia e Paula dormindo no sofá, a televisão ligada.

– Venham para o quarto, venham, vamos dormir as três juntas na cama.

Paula abriu os olhos e foi cambaleando até o quarto, deitou-se no meio da cama de casal, Ísis a abraçou, Cláudia ajeitou-se no canto, dormiram.

– Por que você não faz panqueca?, perguntou Paula, entrando em casa suada. Cláudia tinha acabado de voltar da padaria com a manteiga, por pouco não se encontraram na escada.

Paula era bonita, Cláudia só descobriu isso depois de alguns dias: tinha os olhos vivos, tinha a boca fina, mas não era isso, tinha algo mais no rosto dela, era a beleza, era um rosto bonito. Paula se recusava a usar qualquer roupa que não fosse vestido, estava sempre de vestido e de chinelos, e sorria pouco. Não era do tipo que tagarelava, por qualquer motivo gritava e chorava ou ficava muda. Cláudia não sabia se ela era ou estava assim, mas era interessante como aquela menina se manifestava gritando ou ficando muda, e chorando, claro, chorava com a facilidade e a urgência de um bebê.

Fazia dois dias que Cláudia pensava em se oferecer para lavar seu cabelo, só isso incomodava Cláudia, era um cabelo bonito, igual ao da mãe, liso, de um loiro triste, cinza, mas estava sujo, Paula não o lavava direito e Ísis não dizia nada. Agora, com o suor, o cabelo tinha aparência lamentável, grudado na cabeça, melado, ela havia corrido pelo prédio com as crianças, devia ter o cabelo mais sujo entre as crianças, e não só o cabelo, ela toda exalava um cheiro desagradável, que só não era mais forte por causa da pouca idade.

– Panqueca? Não sei fazer panqueca.

Paula não disse nada e foi para a cozinha, Cláudia a seguiu. Paula abriu a geladeira, pegou manteiga, leite, abriu o armário, pegou uma barra de chocolate.

– Você está se sentindo melhor?, perguntou Cláudia, Paula não respondeu. Você sabe mesmo fazer panqueca?

– Ora, é claro que sei, é muito fácil. Quebre esses ovos aqui, eu vou esquentar a frigideira.

Paula acendeu o fogo com dificuldade, pegou os ovos que Cláudia tinha quebrado, misturou farinha, leite, manteiga, quebrou o chocolate, colocou alguns pedaços de chocolate, um cheiro de queimado saiu da frigideira, ela jogou a massa quase toda, a massa queimou por fora e ficou crua por dentro.

– Não ficou bom, disse Cláudia.

– Ficou, sim.

Paula misturou açúcar à massa que restava, colocou uma pequena quantidade na frigideira, deformou o disco ao virá-lo, desligou o fogo, soprou, mordeu.

– Falta só leite condensado, anunciou.

Quando Ísis entrou na cozinha, as duas estavam comendo pão com manteiga, Cláudia tinha acabado de fazer café.

– Oi, Ísis disse, vendo espectros.

– Deu tudo certo?, perguntou Cláudia.

– Sim, deu, começo a receber logo.

– Filha, você está melhor? Não, estou sem fome, ela colocou a mão mecanicamente na testa de Paula. Amanhã você já volta para a escola.

– Ah, não!

Paula saiu correndo, foi para o quarto e bateu a porta, ninguém foi atrás dela. Ísis deixou-se sentar na cadeira, pegou um pedaço de pão e ficou brincando com ele.

– Fui à mesa dele de novo, as coisas dele já não estão mais lá.

– Ísis, você sabia que ficaria triste, por que foi lá...

– Não sei, me abraça.

Abraçaram-se, Ísis começou a chorar e disse que não valia mais a pena viver, e disse que nada fazia mais sentido, e disse que só tinha forças para dormir, e perguntou se ela tomaria conta de Paula, se a visitaria na casa da mãe, a mãe era boa às vezes, mas...

– Não fale mais isso, já pensou se Paula escuta você, não fale mais isso, já sei, vamos ver um filme, chame Paula, vou fazer pipoca.

Dali a dez minutos estavam as três em frente à televisão, Cláudia se arrependeu de ter falado que faria pipoca, ninguém disse nada, ela não fez, Paula tinha trazido para a sala o que sobrou da barra de chocolate, Ísis tinha os olhos fundos, viram o filme, Cláudia dormiu no meio.

Capítulo Sete

– É hoje!

Ísis saiu apressada do quarto, vestindo um casaco por cima da camisola, tampou a boca imediatamente, olhou para a porta fechada do quarto, olhou o relógio, voltou, abriu a porta do quarto, viu Paula dormindo, acenou para Cláudia, olhos semicerrados, deitada no colchão sobre o piso de madeira.

– É hoje, sussurrou, fazendo todo tipo de gesto para chamar a atenção de Cláudia, e os olhos semicerrados de Cláudia finalmente encararam os seus olhos abertos. Venha, levante-se!

Cláudia se arrastou para fora do quarto e fechou a porta com cuidado, Ísis já estava na cozinha, esquentando a água no bule, abrindo e fechando gaveta, indo e voltando da sala, pegando caneta, pondo a mesa, anotando num papel, pegando pó de café, derramando a água, pegando leite, cortando pão. Cláudia apareceu sonolenta, mas de rosto já lavado, saiu, apareceu de novo, agora com um casaco, tremia de frio e protegia os olhos da luz da ensolarada cozinha.

– Não sei como pude esquecer, que cabeça, a minha! Pobrezinha, como pude fazer isso com ela, mas vou corrigir, vou corrigir, seu pão está aí, espere.

E Ísis moveu lentamente a porta da cozinha, depois de se certificar de que Paula não estava no corredor, fechou a porta como quem precisa de toda a privacidade do mundo, sentou-se de frente para Cláudia, que soprava vagarosamente seu café com leite, e começou a falar preocupada e rapidamente.

– Vou precisar da sua ajuda. O bolo eu mesma faço, faço todos os anos, mas precisamos encomendar algumas coisas. Aqui perto tem uma senhora que faz tudo com muito capricho, é uma confeitaria pequena, mas os doces de lá não são bons, o que é bom lá são as empadas e as coxinhas, você pode ir lá depois do café, enquanto vou adiantando o bolo? Precisamos encomendar isso cedo, senão não vai dar tempo, nossa, eu deveria ter encomendado ontem... Depois vou ao mercado, vela eu já vi que tem, mas é preciso tanta coisa, refrigerante, balão, pratinhos descartáveis, já anotei algumas coisas aqui, dê uma olhada, veja se lembra de outras.

– Espere, disse Cláudia, zonza. Tudo isso por quê, é uma festa?

– Como, não foi a primeira coisa que eu disse? Claro, que louca, precisamos fazer uma festa, que louca, desculpe, é aniversário da Paula, eu tinha esquecido, isso nunca aconteceu, pobrezinha! Pelo menos lembrei logo pela manhã, foi um estalo, ainda bem: lembrei repentinamente e pulei da cama, ufa! Preciso ligar para os avós, as tias, os meninos têm que vir, e os vizinhos também, vou telefonar para quatro ou cinco pais dos coleguinhas preferidos da escola, tenho o telefone deles em algum lugar, ou será melhor chamar todos? Será que aviso a professora?

– Ísis, não vai dar tempo.

– Como? Tempo de quê?

– Ora, de preparar tudo, não há nada ainda, nem a comida, nem a decoração, nem os convidados, nada...

Paula entrou muda e descabelada e se sentou na cadeira entre as duas, esticou uma mãozinha e pegou um pão comido pela metade. Ísis tomou o pão mordido, tirou outro do saco e colocou num pratinho.

– Que orgulho, minha dorminhoca acordou sozinha, já ia chamar você. Bom-dia!

– Você entende que não vai dar tempo?

Ísis lançou um olhar cheio de ódio para Cláudia, que baixou a cabeça e terminou seu café, Ísis se arrependeu na mesma hora, mas que ideia, fazer aquele comentário na frente da Paula, e não era uma festa surpresa, claro que era! Fingiria que nada estava acontecendo, talvez Paula se lembrasse da data na escola, talvez chegasse mesmo a pensar que a mãe tivesse esquecido, que sofrimento, coitadinha, mas que alegria sentiria à noite, valeria a pena.

– Já para o banho, anunciou Ísis.

– Banho de manhã?

– Banho é na hora que estamos sujas! Gosto tanto de tomar banho, como pode, você deve ter puxado ao seu pai, só pode ser! Anda, bebe o resto do leite, anda, mocinha, para o chuveiro, assim você já fica pronta e faz sua lição pronta, ou melhor, em vez de fazer lição, por que não vai brincar lá embaixo, só hoje?

Paula, que se deixava empurrar, sem resistência, saiu correndo para o banheiro, e a última coisa que Cláudia ouviu foi: desembaraça esse cabelo depois do condicionador, anda, anda. Cláudia continuou sentada na cozinha vazia, o que será que tinha dado em Ísis. Tentou se lembrar de onde tinha lhe pedido para ir, mas já se esquecera, procurou o papel, Ísis havia escondido o papel embaixo da toalha da mesa quando Paula entrou na cozinha, ali estava: dez refrigerantes grandes, balões, balas, pratos, talheres...

– Não vai dar tempo, Cláudia disse quando Ísis voltou à cozinha.

– Você ainda está aí, puxa, não vai me ajudar? Essa senhora não tem muitos ajudantes, não consegue terminar se não começar logo, por favor, vá, preciso levar Paula à escola logo mais, antes vou ao mercado e compro os ingredientes para o bolo, quando estiver pronto deixo esfriando e volto ao mercado, acho que assim é melhor, por favor, me ajude, lembrou alguma coisa para a lista?

– Acho que não... Docinhos?

– Brigadeiros, temos que fazer brigadeiros. Bolo, brigadeiro e salgadinhos, acho que está bom, à tarde enrolamos juntas os brigadeiros, topa? Vou anotar num papel, aqui está, cem empadas, cem coxinhas, o que sobrar damos ou congelamos, aqui está também o número da senhora que vai fazer, leve a sua chave, na volta nos encontramos.

E Ísis virou-se esbaforida e sumiu pelo corredor, e Cláudia ainda levou alguns segundos para ir ao quarto de Paula e abrir a quarta gaveta, na quarta gaveta do armário de Paula ficavam as poucas roupas que havia buscado em sua casa. Vestiu com movimentos lentos uma blusa e uma calça de tecido, como era possível ter uma festa naquele apartamento mais tarde? Calçou os sapatos enquanto se lembrava da noite anterior, aquele outro dia que passou em outro apartamento e era outra Ísis, aquela Ísis que passou horas sem pronunciar uma palavra sequer naquele apartamento triste e fosco. Aquela Ísis havia acordado pálida, depois diria que continuou deitada por horas procurando forças para se levantar, era um domingo, domingo era o pior dia.

Lá fora fazia sol, Cláudia já tinha se levantado quando Paula mal tomou um copo de leite, mordeu um pão e foi brincar com os vizinhos. Dava para ver que sempre havia também essa outra Paula, essa que corria com as outras crianças e voltava suada e suja, às vezes ouviam-se os gritos dessa outra Paula que morava lá embaixo, no pátio do prédio, não eram gritinhos histéricos de choro, eram gritinhos agudos, risadas felizes e passos agitados. Naquela manhã de domingo, Cláudia tinha estranhado a demora de Ísis, estranhou a casa vazia e foi até o quarto de Ísis, deu três batidinhas na porta, ninguém disse nada e ela entrou. Ísis estava deitada com os olhos abertos, abertos e opacos, opacos e murchos, olhos de galho seco de árvore mirrada.

– A gente devia procurar um médico, disse Cláudia, sentando-se na beira da cama, sem saber direito que médico, mas deviam procurar um médico.

– É assim que eu vivo agora. É mais que doente, é mais que doença sem cura, é doença que acaba com a gente, que deixa a gente morta em vida, é isso...

– Paula precisa de você, você tem que reagir, Cláudia falou, sem entender bem o que falava, falando sem acreditar, não acreditava numa reação, mas o que ela queria dizer era: Ísis tinha que jogar o jogo, existia um jogo, e ela precisava se levantar e jogar, não era tão difícil, era automático, era só começar.

– Eu me sinto... Eu me sinto partida, estão faltando partes de mim, partes vitais, Ísis disse, a voz sumindo, o choro vindo de uma só vez, um choro desses que já nascem abundantes.

Foi um domingo difícil, Cláudia não sabia o que fazer, Paula corria lá embaixo, não subiu nem para o almoço, certamente tinha ido almoçar em algum vizinho, pensou Cláudia na cozinha, com fome, estômago flutuando, sem saber onde iriam almoçar. Às quatro da tarde, as duas viam televisão, ainda não tinham comido nada, Cláudia acabou indo à padaria e comprando um frango assado, sempre teve vontade de comprar um desses frangos assados de padaria. O frango veio num saco cheiroso, ela passou o caminho sentindo aquele cheiro, foi o melhor momento do domingo dela, ela que estava tão quieta vendo televisão. Ísis quase se animou com o frango, chamaram Paula, comeram, Paula tinha mesmo comido no vizinho, comeu de novo, lavaram a louça, Paula desceu de novo e o dia começou a escurecer, e foi aí que Ísis parou de falar, Paula subiu e ficaram as duas mudas, todas as frases eram de Cláudia, e Cláudia não sabia o que dizer.

Paula saiu do banheiro pingando pela casa, Cláudia entrou no banheiro e tentou arrumar rapidamente o cabelo, mas só conseguiu enroscar a escova na lateral. Voltou à cozinha, que cabeça, o papel tinha ficado em cima da mesa, enfiou o papel no bolso, disse que estava saindo e saiu. Ísis terminou de se arrumar, também estava molhada, secou o cabelo com a toalha, trocou-se e ficou feliz por não ver nem Cláudia nem Paula em casa, ótimo, tudo está sendo encaminhado, ela pegou a bolsa e foi ao mercado.

Ísis comprou os ingredientes para o bolo, aproveitou e comprou dez rolos de papel higiênico, fazia dois dias que estavam usando guardanapo no banheiro, comprou guardanapo também, voltou para casa, fez o bolo, Cláudia foi arrumando a cozinha enquanto ela fazia o bolo, a massa ficou pronta, Cláudia ficou incumbida de vigiar o bolo enquanto Ísis arrumava a casa, e fez isso tão preocupada, tão receosa, olhando tudo, o relógio, o forno, o bolo, o relógio. Ísis voltou, fez a calda e o recheio, Cláudia estava mexendo o brigadeiro, que cansativo, mexer o brigadeiro, por que não encomendamos, é que Paula gosta mais do meu brigadeiro do que de qualquer outro, o bolo foi para a geladeira, mais tarde decoro.

O brigadeiro na panela foi para a geladeira, Ísis fez salada e bife e arroz e chamou Paula, Paula sentiu cheiro de doce e Ísis veio com uma colher de brigadeiro depois do almoço, o cheiro era disso, resolvi fazer brigadeiro. Ísis levou Paula à escola, Cláudia começou a enrolar sozinha os brigadeiros, Ísis tinha percebido que se esqueceu de comprar forminhas, Ísis comprou as forminhas, voltou e ficou um bom tempo entre a sala e a cozinha, ligando para os parentes e para os pais de alguns colegas de Paula, depois foi bater à porta dos vizinhos, e com cada um que chamava conversava um pouquinho, voltou para casa tagarela e encheu balões, meu Deus, o presente!, saiu e comprou três presentes, Cláudia daria o vestido, ela daria a boneca e a maleta com canetas e lápis de cor, aproveitou para pegar as encomendas, voltou, encheu mais balões, arrumou a mesa, e encheu mais balões, e foi pendurando os balões. Cláudia começou a sentir dores pelo corpo, sentiu-se zonza quando estava em cima de um banco, pendurando os balões em um grande arco em volta da porta da sala, conforme Ísis havia orientado, quase caiu desmaiada, mas conseguiu levantar-se antes e se sentar no sofá. Ficou algum tempo observando Ísis, Ísis perguntou-lhe se estava bem, depois voltou a pendurar os balões, também levou para a mesa potes de vidro cheios de balas coloridas, Ísis cantarolava, comia um brigadeiro, falava alguma coisa, pendurava um, dois, três balões, pegava outro brigadeiro, cantarolava, quem era aquela Ísis?

Cláudia observou o apartamento, havia alegres balões por toda parte, havia também laços, só agora reparava: Ísis havia amarrado laços nos potes de vidro, nas travessas com as coxinhas, na travessa das empadinhas. Ísis foi até a cozinha, venha me ver decorando o bolo, quem era aquela Ísis? Havia na cozinha uma gaveta que Cláudia nunca tinha visto, uma gaveta repleta de bisnagas e confeitos, Ísis encheu de chantili a bisnaga de confeito e começou um trabalho de ourives em cima do bolo já recheado e já coberto com calda de chocolate, e foi surgindo um bolo branco, liso, brilhante, e foi surgindo o nome de Paula na cor rosa, de onde havia vindo aquele rosa? Foi surgindo parabéns, Ísis escrevia parabéns com concentração e facilidade, Cláudia ficava cada vez mais perdida com aquele bolo, aquela Ísis e aquele apartamento.

Eram seis da tarde quando os primeiros convidados começaram a chegar. Soraia, tia Vanda e tio Rubens, os meninos da tia Vanda e do tio Rubens, as crianças do prédio. Ísis pediu a Cláudia e Soraia que ficassem com todos, que levassem o bolo para a mesa, que segurassem a caixa de fósforos, ela lhes telefonaria quando chegasse a hora, Soraia reclamou que poderia ter vindo mais cedo, poderia ter ajudado. Ísis saiu, pegou Paula na escola, Paula entrou com uma cara brava no carro, disse que a mãe tinha esquecido seu aniversário, Ísis a abraçou com dor, mas com pressa e frio na barriga. Mamãe não esqueceu, tem três presentes em cima da sua cama, vamos comer alguma coisa gostosa, eu, você e Cláudia, os olhos de Paula brilharam. Ísis ainda passou na padaria, comprou um refrigerante, sentou, tomaram o refrigerante, Ísis pediu que ela esperasse um minuto, saiu como quem ia fazer uma travessura, ligou do telefone público, Cláudia atendeu, os amiguinhos da escola já tinham chegado, podiam vir. Ísis voltou para a mesa sorrindo, apressou Paula, anda, anda, pagou, entraram no carro. Estacionaram, subiram, Ísis mexeu bastante na maçaneta, ouviu os interruptores sendo apagados, mexeu na maçaneta mais uma vez, abre logo, mãe, abriu e surpresa, surpresa, surpresa, parabéns a você, nesta data querida, muitas felicidades, muitos anos de vida.

Enquanto todos cantavam e batiam palmas, Paula ficou parada em frente à porta, sem desgrudar os olhos das pessoas, da mesa, dos balões. Não entendeu o que acontecia, mal pôde identificar que a música que cantavam era uma música de parabéns, ficou hipnotizada, imóvel, e continuou imóvel quando começaram a rir da reação dela, quando começaram a lhe dizer para soprar as velinhas, vamos lá, sopre as velinhas. Paula deu três passinhos curtos e então, como que compreendendo de uma vez o que acontecia, sorriu com a boca bem aberta e soprou com força, com vontade, e voltou a sorrir e não conseguiu parar de sorrir por um bom tempo. Depois das palmas, depois de soprar as velas, depois dos gritinhos confusos e risonhos, ela ainda descobria com alegria os rostos daquela pequena multidão: tia Vanda, Laís, Patrícia, vovó, Hugo, Pedro, nossa...

– Você viu, disse Ísis a Cláudia, enquanto todos comiam, conversavam, e as crianças brincavam. Você viu, olhe para ela, até agora está tão feliz, não está acreditando.

Paula, com o vestido novo, e a grande etiqueta ainda pendurada nas costas, não parava de falar com todos, cada hora parava numa rodinha e falava com um, e tirava os salgados da mesa e servia os convidados, e comia, e tomava refrigerante, e mostrava os presentes.

Cláudia criava coragem para perguntar a Ísis, e essa sua felicidade, de onde vem, mas tia Vanda se juntou a elas primeiro, tia Vanda era dessas pessoas que gostavam de enfiar assunto triste em qualquer conversa.

– E Márcio, pobrezinho, tão jovem, uma pena, sinto falta dele, como Paula tem reagido?

– Ainda está triste, nós duas estamos, essas coisas não se esquece tão cedo...

Os olhos de Ísis queriam umedecer, Cláudia logo notou, quando tio Rubens se aproximou. E agora, ela vai chorar na frente do tio Rubens, vai chorar na frente de todo mundo, vai acabar com a festa, e Paula está tão feliz, Cláudia pensou, mas tio Rubens veio com outro assunto, e Ísis ficou com os olhos umedecidos por algum tempo, mas eles secaram, dali a poucos minutos ela estava sorrindo com o canto do rosto, dali a mais minutos ela estava sorrindo com o rosto inteiro, como se aqueles olhos nunca tivessem ficado úmidos. Cláudia estranhou tanto, e depois de um tempo se afastou do movimento, e ficou sentada na cama de Paula, a cama cheia de pedaços de papel de presente rasgados. O barulho vinha da sala, a música, as conversas, as risadas, os copos, e ela se sentiu esquisita. Sentia um desconforto repentino, o corpo e a cabeça descolada da festa, uma náusea. Não sabia se gostava de Ísis, Ísis era esquisita, Paula também. Sentiu-se sozinha, e se sentiu mais sozinha ainda quando aumentaram a música que vinha da sala e que agora entrava com força no quarto, e mais sozinha ainda quando Ísis entrou no quarto procurando por ela, o que está fazendo aí, venha.

Naquela noite, Ísis e Paula dormiram abraçadas. Havia pratos espalhados com resto de bolo, forminhas e balões murchos pelo chão, copos com refrigerante pela metade, mal se dava para ver a pia da cozinha, mas Ísis não havia nem mencionado a bagunça, deu boa-noite sorrindo e entrou no quarto, para onde Paula já tinha ido. Cláudia estava sem sono e resolveu lavar alguma louça, lavou, viu um pouco de televisão e foi para o quarto vazio de Paula, onde demorou a dormir.

Capítulo Oito

Depois do aniversário de Paula, Ísis não foi mais a mesma.

No dia seguinte, levou Paula à escola e foi à outra escola combinar a volta das oficinas, suspendidas com a morte de Márcio. Voltou eufórica para o apartamento, havia sido tão bom conversar com os colegas; Alice teve seu filho, Rodrigo estava de barba, o café continuava tão gostoso, o café saído da garrafa térmica. Tinha conversado também com vários alunos, tinha comido uma cocada na lanchonete, como adorava aquela cocada. Cláudia se preparava para quando a tristeza de Ísis voltasse, para quando ela voltasse a ser a Ísis que havia conhecido, a Ísis que não tinha oficinas nem alegrias, mas Ísis não voltava. Às vezes, é verdade, vinha em Ísis uma tristeza, um desânimo, Cláudia identificava esses momentos rapidamente, mais rapidamente do que a própria Ísis, e chegou a ver Ísis chorando ao telefone com a mãe, tinha ouvido o nome Márcio na conversa, mas era só, não passava disso: Cláudia se preparava, mas Ísis voltava a sorrir, a se concentrar em suas tarefas.

Agora, quando não estava na escola, estava preparando em casa suas oficinas seguintes, espalhava materiais de todo tipo pela mesa da sala, inventava vasos, colava mosaicos, experimentava máscaras. Paula chegava da escola e as duas ficavam brincando com os materiais, as colas, as tesouras, as purpurinas; agora, quando Paula não estava na escola ou brincando com os vizinhos, estava andando pela casa coberta com máscaras brilhantes, segurando cestas de jornal com flores de papel crepom, costurando o cabelo das bonequinhas de pano, fazendo sua lição com uma peruca rosa. As bonequinhas existiam de todos os tamanhos, com todos os tipos de cabelo e todos os tecidos e vestidinhos, e só agora Cláudia reparava que no quarto de Paula havia uma estante cheia dessas bonecas. Manuela veio me contar que fez dez bonecas pequeninas, Manuela é uma aluna tão esperta, ela cola essa peça aqui e vira um chaveiro, veja, ela fez essa especialmente para mim, veja que caprichosa, Manuela vendeu todas, está fazendo mais, agora está fazendo também carrinhos de pano, veja! Tirou da cabeça dela.

Ísis também tinha voltado a sair com algumas amigas, duas telefonavam com frequência, Marcela e Ana. Cláudia chegou a conhecê-las, um dia subiram ao apartamento, mas nesse dia Cláudia não quis sair com elas, quase foi comer uma pizza em outra ocasião, acabou não indo, Paula iria com elas, mas Paula estava com sono, fico com Paula, Paula precisa dormir, disse. Não tinha gostado da cara de Marcela, Marcela tinha as sobrancelhas grossas, não conseguia tirar os olhos das sobrancelhas quando Marcela falava. Não gostou da voz de Ana, Ana falava alto, para que falar tão alto. Não gostou delas no apartamento, ficou pensando no que as três conversavam quando saíam para esses passeios, Paula às vezes ia junto, o que falavam na frente de Paula. Uma era professora, a outra era prima dessa professora, trabalhava com não sei o quê que envolvia números e planilhas, Cláudia não lembrava que trabalho era esse nem qual das duas fazia o quê.

Um dia, vendo tevê com Paula quando Ísis havia saído, quando Ísis havia saído com aquelas duas, lembrou-se de já ter atendido a um telefonema de Ana, logo nos primeiros dias no apartamento, não gostou daquela voz desde a primeira vez, não sabe como havia se esquecido disso. Vendo televisão e se lembrando desse detalhe, sorriu triunfante, é mesmo uma voz desagradável, como Ísis aguenta essas duas, como Ísis gosta dessas duas: porque era mais do que aguentar, era gostar, era só as duas telefonarem ou surgirem para Ísis se encher de sorrisos, mais do que sorrisos, Ísis desandava a dar gargalhadas altas e irritantes e sem sentido, começava a falar rápido, fazia piadas, e o pior é que Paula não parecia desgostar das duas.

Soraia sempre vinha quando Ísis saía, vinha e ficava com Paula, e sempre censurava Ísis por sair, e isso agradava Cláudia, e então ficavam as três, Cláudia, Paula e Soraia. Soraia chegava e Ísis dizia, veja, minha mãe vai ficar com Paula, saia conosco, mas Cláudia não ia, Cláudia sorria e dizia que estava com sono, que estava com dor de cabeça, que estava frio lá fora. Da última vez, não sorriu, não contava com a visita das duas e não sorriu. O combinado era que ficassem as quatro em casa, ela, Ísis, Paula e Soraia, iam pedir uma pizza, Paula gritou de alegria e foi correndo pegar o panfleto onde estavam escritos todos os sabores de pizza, mas aí a campainha tocou, ora, onde já se viu visitar sem avisar. Mas Ísis não pareceu contrariada, pelo contrário, convidou-as para subir e comer uma pizza, como Cláudia odiou isso. Soraia pareceu indiferente, Paula nem se importou. Em outra ocasião, foi pior ainda, Marcela subiu com o noivo, Cláudia nem sabia que ela estava noiva, o rapaz usava tanto pós-barba que um cheiro de limão misturado com menta invadia a casa inteira, o rapaz ainda voltou outras duas vezes, não era possível, ninguém mais se incomodava com aquele cheiro de limão com menta. O tal noivo morava em outra cidade, vinha só nos finais de semana, e quando ele vinha saía com elas, e Paula não parecia ter repulsa pela presença dele, e Soraia também não, Soraia só não gostava quando Ísis saía.

Ísis já começava a falar de Márcio nas conversas, isso foi um choque para Cláudia, Ísis nunca havia feito isso. Estavam conversando sobre doces ou viagens ou uma notícia do telejornal e lá vinha Ísis falando que Márcio gostava desse doce e que tinha feito essa viagem e que já havia comentado sobre uma notícia assim, de onde vinha aquela naturalidade, Cláudia se perguntava. Márcio não era um assunto calmamente misturado a outros assuntos, Márcio era um assunto só dele, um assunto muito isolado e muito sério, por que agora Márcio se misturava, se agrupava, se diluía? Uma vez, Ísis chegou a tirar um álbum de um armário, como nunca lhe mostrei uma foto de Márcio? Ela foi ao seu quarto e voltou com três álbuns: um era da lua de mel, outro era de uma viagem à praia, outro era só de fotos dos dois no apartamento; tinha Márcio abraçando Paula, tinha Ísis no colo de Márcio, tinha Márcio lendo jornal, tinha uma festa com um bolo e Márcio cortando o bolo. Ísis mostrava as fotos uma a uma, comentava, ria, emocionava-se, emendava as fotos com casos de quando havia conhecido Márcio, esse Márcio sociável de agora, esse Márcio que não só se misturava como se exibia em imagens, esse Márcio que não era mais uma fagulha de explosão, mas um intrometido enxerido inconveniente que se enfiava nas conversas com a naturalidade com que Ana e Marcela se enfiavam no apartamento.

Ísis banalizou Márcio, Cláudia pensava, Ísis é frívola, seu amor por Márcio era raso, era superficial, era uma mentira, era. Pois como pode, Ísis chorava, se jogava no chão, pensava em acabar com tudo, ela se lembrava perfeitamente disso: Ísis pensava em acabar com tudo, como pode. A vontade que tinha era de lembrar Ísis de tudo o que ela havia falado desde o momento em que desmaiou na empresa em que Márcio trabalhava. Cláudia esquecia muita coisa, mas disso ela se lembrava: Ísis tinha os olhos fundos, o corpo mole, não queria comer, falava em buraco, ela já tinha falado desse buraco tantas vezes, falava que sentia que tinha perdido uma parte para sempre, onde estavam esse buraco e essa parte. Cláudia queria lembrá-la, queria cobrá-la, ei, Ísis, você está se perdendo, está esquecendo, está transformando sua vida numa vida que não é sua, por que está se enganando, a quem quer enganar? Mas não dizia nada a Ísis, e Ísis lhe parecia cada vez pior, com seus dedos sujos e grudentos de cola e purpurina, com seus horários das oficinas, com suas visitas, com seus passeios, com suas fotos, com seu Márcio agora sujo, vulgar, misturado: Ísis estava pior e não enxergava que estava pior, Ísis fingia ser o que não era, Ísis iria enlouquecer.

– Vou voltar para a minha casa, disse Cláudia.

Estavam na sala, Ísis tinha chegado havia pouco da escola, Paula já estava lá embaixo, brincando, nem tinha se trocado. Ultimamente, Ísis chegava com fome e ia para a cozinha preparar o jantar, gostava de fazer sopas, cada dia de um sabor. Cláudia a ajudava a picar os ingredientes e conversavam, como foi seu dia, como foi o seu, mas Cláudia cada vez menos queria ouvir as respostas de Ísis – Ísis andava falante, Cláudia a ouvia em silêncio e com irritação. Na tarde daquele dia, Cláudia ficou se perguntando qual era o melhor momento de dar a notícia. Vou falar assim que ela chegar, na frente de Paula, ou deixarei apenas um bilhete, essa saída era a que mais a agitava por dentro, imagine ir embora apenas deixando um bilhete. Tinha decidido havia dias, a decisão ia e vinha e sempre esbarrava no que ela ia fazer quando voltasse para casa.

A casa aparecia em seus sonhos como um lugar escuro e distorcido, sempre havia algo disforme na casa: às vezes, eram os móveis que eram gigantes, ou retorcidos, ou muito pequenos; às vezes, as portas não se abriam e as janelas flutuavam. Não sabia o que ia fazer quando voltasse para casa, mas também não sabia o que estava fazendo ali. Mas fazia muito mais sentido voltar para casa, os pais tinham achado aquela situação estranha, ela havia telefonado apenas duas vezes para eles, mas eles tinham achado aquela situação estranha, como, está passando um tempo com uma amiga, quem é essa amiga? Quando pensava nos pais, pensava em voltar a morar com eles, pensava de novo em sua casa e ficava cansada de pensar e de não chegar à conclusão nenhuma.

– Voltar para sua casa? Por quê?

– Por que estou aqui? Você não precisa de mim.

– Não preciso, mas gosto de você aqui, somos amigas, vai voltar para quê? Não tem ninguém na sua casa, seu ex-marido telefonou? Seu ex-marido telefonou.

– Não tenho ex-marido, sou viúva, como você, meu marido era o Rogério.

Disse sem pensar; no comecinho da frase chegou a perceber o que estava dizendo, e seguiu em frente, e adorou a expressão assustada de Ísis, e adorou o silêncio que se impôs sobre elas, adorava ter assustado Ísis, quem sabe incomodado, adoraria incomodar aquela estranha Ísis.

– Do que você está falando?, perguntou Ísis. Você havia me dito que era divorciada.

– Não era, meu marido era o Rogério, ele estava no carro com seu marido, era por isso que eu estava na empresa aquele dia. Ísis ficou imóvel, a cabeça rodando. Rogério e Márcio juntos, no carro. Qual era o sentido disso, por que ela não sabia, por que Cláudia havia dito que era divorciada?

– Não pode ser, seu marido morreu junto com o meu, por que você mentiu?

– Não queria puxar papo, você foi puxando, eu disse qualquer coisa.

– Mas por que não me contou a verdade depois, você está aqui há meses, espere: seu marido morreu junto com o meu, e você tão serena, tão como se nada tivesse acontecido? Você não amava seu marido?

– E você, que já está toda feliz, amava? Você que já está saindo sem ele, alegre, daqui a pouco está com outro homem, você nem se importa, você...

E o rosto de Ísis foi se enchendo de vermelhidão e de raiva, e Ísis a empurrou e gritou.

– Eu amo Márcio com toda a minha alma, você viu meu sofrimento, você acha que está sendo fácil, você que acompanhou tudo, como tem coragem de achar que está sendo fácil? Cada dia é uma luta, cada sorriso é uma dificuldade, como tem coragem? Sua mentirosa, saia daqui, eu recebi você, eu acolhi você, primeiro você me ajudava, depois foi ficando e fui me afeiçoando, e quer saber, tinha pena, você é tão sozinha, imaginava que tivesse ficado tão triste e sozinha depois do seu divórcio e você, sua mentirosa, e você nem ficou triste com a morte dele, e você não tem coração, você não tem coração.

Cláudia continuou imóvel, não sabia o que dizer, Ísis deu passos apressados até o quarto de Paula, abriu as gavetas, foi jogando as roupas no chão.

– Eu não sei quem você é, vai embora, disse, e Cláudia se sentiu afrontada, ela é que não sabia quem Ísis era, mas não disse nada, abaixou-se, catou as roupas e colocou em duas sacolas de plástico.

Cláudia abriu a porta da sala, Ísis ainda estava no quarto, então ela saiu, fechou a porta e desceu os três lances de escada com as duas sacolas de plástico. Que dia era, quarta-feira? Desceu as escadas com a data ecoando em sua cabeça, quarta-feira, quarta-feira, quarta-feira, onde está Paula, será que me despeço de Paula? Decidiu se despedir de Paula, mas quando viu aquela Paula que corria, sentiu raiva dela, e andou rapidamente até o portão do prédio desejando não ser vista, e não foi, e andou pela rua até ver um ponto de táxi, chamou um táxi e se sentou no sofá preto de couro do táxi, agora percebia que estava tremendo, agora percebia que Ísis havia gritado com ela, agora percebia que estava, de fato, voltando para casa.

Capítulo Nove

A sala continuava a mesma. A casa era toda igual. Fazia duas horas que Cláudia havia voltado, mas a sensação era de que nunca havia saído dali, essa sensação que engolia os números das horas e dos dias e dos anos, que passava por cima do relógio da parede e das lembranças. Ísis parecia um sonho, Paula nem isso, Ísis era um sonho e Paula era nada, nada para aquela casa onde se engolia os números. Ou Paula também era sonho, e tudo era sonho, seu presente e seu futuro também eram sonhos, não havia passado, futuro ou presente, tudo era uma coisa só, um sonho que ela sonhava sem participar por vontade própria, ela dormia e seu corpo sonhava sem que ela precisasse fazer força alguma, sem que ela se machucasse ao se beliscar, sem que seu prazer fosse real, sem que ela tivesse certeza do que tentava passar por verdade: era tudo sem dor, também não era agradável, era tudo turvo, nem bom, nem ruim, era sonho, e sonho não é realidade, e sonho não é, não pode e não deve ser levado a sério.

Onde sonharia agora?

Se tudo era sonho, não importava onde sonhar. Se morasse ali, se morasse com Ísis, se voltasse para a casa dos pais, se amanhecesse num barco, era tudo o mesmo lugar, era tudo o mesmo tempo. Sonhos são assim, se passam no mesmo lugar, são sempre a mesma coisa, são uma massa onírica que caminha para o mesmo lugar aonde todas as massas oníricas e todas as coisas vão:

para o fim, para a escuridão. A escuridão chegaria sem pressa, não havia pressa porque não havia interferência de ninguém, a escuridão chegaria quando chegasse, o sonho acabaria como acabam todos os sonhos, a escuridão chegaria ao fim como chegam ao fim todos os sonhadores.

Agora, fazia quatro horas que Cláudia havia voltado, mas ela não havia se dado conta disso, ela que ainda estava sentada no sofá, como se ainda estivesse na casa de Ísis, como se estivesse em qualquer lugar. Escurecera havia muito tempo, talvez fosse de madrugada, ela precisava se levantar e vestir um pijama, deitar-se, dormir, acordar, essas coisas que as pessoas fazem e que ela imita. No dia seguinte, depois de acordar, ela comeria, dormiria de novo, essas coisas que as pessoas fazem enquanto vivem, enquanto ela sonha, não havia o que planejar, o que querer e o que temer: era isso.

Arrastou-se para a cama sem acender nenhuma luz, sem entrar no banheiro e sem trocar de roupa. Deitou-se e percebeu que precisava ir ao banheiro, mas não se levantou. Continuou deitada até a bexiga doer, e urinou deitada, e sorriu quando percebeu que tinha urinado deitada, quando percebeu que não precisava se levantar nem para isso. Talvez não se levantasse mais, por que se levantar, se tudo era um sonho, não fazia diferença estar em pé ou deitada. E ela continuou deitada, mal formulando os pensamentos, mal prendendo em palavras o que tinha vivido nos últimos dias, nas últimas horas, na massa uniforme sem tempo em que consistia seu corpo, sua alma e sua vida.

Cláudia só se levantou dois dias depois. A cama estava suja, o quarto cheirava mal, ela tremia de necessidade de comer, não era fome, era necessidade. Bamba, foi até a cozinha, abriu o armário e encontrou um pedaço de bolo cinza dentro de um pote, o pão estava cinza, a manteiga estava verde. Não queria, mas sentiu que precisava comer alguma coisa e começou a vasculhar todos os armários, a abrir a geladeira, a vasculhar mais uma vez os armários. Encontrou um vidro de salsicha, abriu e comeu, e fez careta, por que estou fazendo careta, estou sem comer há tempos –tempo, o que é isso? Comeu enquanto começou a pensar sem parar, pensamentos confusos e agitados, pensamentos desses que saem correndo, nada importa, urinar na cama, cinco anos atrás ou cinco anos à frente, Rogério ou não Rogério, tudo era igual, tudo era a mesma coisa, tudo. Comeu uma salsicha, comeu outra, vamos, quero sentir o sabor disso, vamos, vamos. Tomou o líquido amarelo da salsicha, sentiu o estômago queimar, isso, queime, vamos, queime, quero que você queime... Abriu mais armários, encontrou biscoito, encontrou leite em pó, comeu biscoito, comeu o leite em pó puro, com as mãos, vamos, sinta, sinta. Olhou a cozinha, o vidro de salsicha caído no chão, os biscoitos, o leite, a solidão, assustou-se, levantou-se, pegou o telefone, discou.

– Ísis, preciso voltar. Não posso ficar sozinha, preciso voltar.

Ísis disse qualquer coisa que ela não ouviu direito, desligou o telefone e se sentou no chão, trêmula. Sentiu que ia vomitar e não conseguiu correr até o banheiro, vomitou pelo corredor, e se assustou com o vômito. Quando atendeu a campainha, ainda tinha a boca suja e os olhos agitados, secos e atordoados. Ísis entrou, abraçou, abriu o chuveiro, Cláudia entrou, Ísis pegou pano, sabão, vassoura e pá e limpou o chão, tirou a roupa de cama e colocou na máquina de lavar, colocou sabão, ligou, voltou para o quarto, passou pano, sabão e água no colchão, voltou ao banheiro e ensaboou Cláudia, Cláudia que estava imóvel embaixo da água quente, com os braços abraçando o peito, como uma criança com frio.

– Você volta a morar conosco e vai me ajudar nas oficinas, disse Ísis, Cláudia já vestida na sala. Cláudia não dizia nada, apenas olhava para baixo, ainda tinha os braços abraçando o peito. Você vai me ajudar nas oficinas, está bem, Ísis repetiu, e procurou uma mala, e colocou algumas roupas lá dentro, e disse vamos, Paula está sozinha.

Chegaram ao apartamento e Paula estava sentada no chão da sala, lendo gibis, Paula olhou e não disse nada, mas não desgrudou o olhar de Cláudia, Cláudia estava chegando toda amparada, Cláudia parecia estar doente, Cláudia nem sequer sorriu para ela, e Cláudia sorria sempre.

– Ela está doente?, perguntou Paula, baixinho, Ísis estava acomodando as coisas de Cláudia na gaveta, Cláudia estava no banheiro.

– Ela está muito cansada, ela vai voltar a ficar conosco, vai ficar no seu quarto, tudo bem?

– Tudo bem, ela está estranha.

No banheiro, Cláudia ficou algum tempo olhando o espelho, analisando cada traço daquele rosto, como se tentasse descobrir que expressão era aquela, como se tentasse tomar intimidade, como se tentasse se aproximar. Quando Ísis bateu na porta, ela saiu muito séria, e continuaria séria por dias.

Capítulo Dez

Três dias depois de sua volta, Cláudia foi à escola com Ísis.

Depois do almoço, levaram Paula à escola e seguiram de carro. O caminho era longo, Cláudia não conhecia aquele bairro distante, ficou olhando da janela. No trajeto, Ísis falou sobre a escola, o objetivo das oficinas, foi exemplificando, descrevendo, falando sobre alguns alunos e alguns professores. Cláudia ouvia tudo, atenta, tentando prender em sua cabeça aquelas informações, mas não era fácil. Ísis, quando começava a falar das oficinas, falava rápido, as frases eram grandes e a velocidade também.

– Você vai ver, a Maria Antonia deixa todo mundo muito à vontade, a Lavínia parece séria e antipática num primeiro momento, depois você vê que ela é muito doce, a Lavínia é a coordenadora, já avisei que você vai me ajudar nas oficinas, inventei que você é uma prima que está hospedada lá em casa, não sei se comentei com você, você é uma prima hospedada lá em casa, seu marido morreu e você veio.

Ísis encontrou uma vaga bem em frente ao portão da escola, não era difícil encontrar uma vaga naquela rua onde só havia uma escola, em que quase todos os alunos iam de ônibus ou a pé, e uma lanchonete, mas ela sempre ficava feliz quando encontrava uma vaga bem em frente ao portão. Quando era professora, tinha uma vaga no pequeno estacionamento e continuou estacionando o carro lá quando começou a dar as oficinas; a diretora, então, falou com muito jeito, Ísis concordou, ora, mas é claro que não tenho mais vaga, que bobagem a minha, e começou a estacionar na rua, e ficava muito feliz quando encontrava uma vaga bem em frente ao portão.

Ísis cumprimentou o porteiro, apresentou Cláudia, Cláudia balançou a cabeça, entraram, Ísis quis mostrar a escola toda antes de ir à sala dos professores para tomar um café, consultou as horas no relógio de pulso e disse que ótimo, temos tempo. Caminharam em direção a uma parte coberta com chão de cimento onde ficava a sala dos professores e, no outro extremo, o refeitório dos alunos; nessa parte coberta sempre havia alguns alunos mais velhos conversando, eles encostavam-se a uma mureta e ficavam conversando, alguns casais ficavam muito próximos e levavam advertência, nessa hora tinha um casal de mãos dadas, mas ninguém falou nada. Saíram da parte coberta e agora estavam ao ar livre, passando em frente ao prédio marrom de quatro andares onde eram as salas, veja, é aí que estão as salas, Cláudia olhou para cima e continuou andando, acompanhando Ísis. Andavam por uma grama que não cobria toda a terra do chão, a grama era rala e triste em algumas partes, mas a terra era bem batida, quase não sujava os sapatos, só enchia tudo de pó. Passaram por uma construção de um só andar onde havia a diretoria, a coordenação, a sala de máquinas de escrever, onde os alunos tinham aulas de datilografia, a pequena biblioteca, o depósito das comidas e o depósito dos materiais. Foram caminhando em direção à horta, duas alunas que passavam e riam pararam para conversar com Ísis, Cláudia ficou olhando. As alunas conversavam e riam, Ísis ria, chegou a abraçar uma delas, Ísis se despediu e voltou a andar. Veja, essa é a horta, é aqui que os alunos plantam, as verduras vão para o refeitório, você quer entrar? Cláudia fez que sim com a cabeça, o sim tinha vencido por muito pouco o não, entraram e Ísis cumprimentou o funcionário que cuidava da horta. Ao fundo tinha um pequeno pomar, Ísis ficou mostrando as verduras, a laranjeira, a goiabeira. Essa é minha parte preferida da escola, disse Ísis, olhando com olhos brilhantes aquele colorido cheiroso, e Cláudia ficou olhando tudo, sem pensar em nada, só sentindo o cheiro que considerou agradável, cheiro de mato misturado com flores e mexerica.

– Essa é minha sala, disse Ísis, saindo da horta e mostrando uma porta que ficava antes da horta, mas que Cláudia só reparava agora, era uma porta numa casinha de alvenaria muito simples, muito branca.

Ísis tirou um molho de chaves de sua bolsa e abriu a porta, a casinha era só uma sala e a sala era maior do que parecia. Cláudia ficou olhando muito atentamente as quinze, talvez vinte cadeiras em volta de uma enorme mesa de madeira, depois viu os armários, os desenhos e os quadros pendurados nas paredes, alguns rolos de lã caídos, tocos de madeira, pedaços de tecido, dois frascos grandes de cola, agora sentia o cheiro de madeira e tinta.

– Os últimos minutos de cada oficina são para guardar os materiais, mas nunca guardam tudo, disse Ísis, sorrindo e trancando a sala, vamos tomar um café, vai bater o sinal.

Caminharam até a sala dos professores, o caminho agora estava mais cheio e quatro alunos abordaram Ísis, Cláudia não conversou, não sorriu, não se irritou. Entraram na sala e Ísis foi logo cumprimentando e rindo, apresentou Cláudia, Cláudia foi respondendo as perguntas. Ísis pegou dois copos plásticos e foi até a garrafa térmica e encheu os dois copos de café –como gostava dessa parte –, e deu um copo para Cláudia, Cláudia agradeceu e foi para a porta, e ficou bebendo o café e olhando os alunos que agora passavam pela parte coberta e iam para as suas salas. Fazia tantos anos que não via o pátio de uma escola. Eram alunos de todas as idades, havia crianças pequenas e pequenos adultos, e ela deu um suspiro, nem percebeu, mas deu um suspiro. Tinha sido uma criança feliz, não havia dúvida, tinha sido uma criança feliz. Se pudesse, lembraria agora exatamente como tinha sido essa felicidade, mas não lembrava como era, só que havia sido feliz.

Era magrinha, disso se lembrava. Magrinha, como aquela menina ali, que passava com uma pasta nas costas, a pasta indo muito além dos ombros e maior que a cabeça. Era magrinha e tagarela, muito mais que Paula, Paula era uma adulta perto dela. Gostava de colorir, nem se lembrava disso, gostava de colorir, e tinha uma coleção de mais de cem lápis coloridos, tinha orgulho de sua coleção. Gostava de tocar violino, mas isso foi depois, queria se lembrar da criança, criança pequena, e puxou pela memória tudo o que conseguia, enquanto olhava aquele pátio agitado. "É bem calada, essa sua prima, hein, Ísis", ouviu de algum professor num tom brincalhão, mas não se virou, continuou olhando as crianças e agora também olhava os elásticos verdes que eram seus preferidos, tinha ganhado aqueles elásticos verdes, e como adorava prender seu longo cabelo com eles e andar balançando aqueles dois punhados de cabelo envoltos pelos elásticos verdes, eram verdes, grossos e brilhantes, ah, tinham um laço, verdade, tinham um laço. Continuou lembrando e se assustando, quanto mais lembrava mais se assustava, as crianças que passavam na sua frente eram muito reais e suas lembranças também. A barriga foi incomodando, o peito foi apertando, ela tentou afrouxar a gola da blusa, o sinal tocou, e ela se voltou imediatamente para a sala, que susto, é o sinal não é, é sim, hoje a Isadora teve que faltar, vamos ter uma oficina já no primeiro horário, vamos, vamos.

Foram caminhando até a sala, Ísis carregava agora uma enorme caixa de papelão que Cláudia não sabia de onde tinha vindo. Havia um pequeno e barulhento aglomerado de alunos fora da sala, deviam ter dezesseis, dezessete anos.

– Essa oficina não é obrigatória, é?, perguntou Cláudia.

– Não, faz quem quer, quase sempre está cheia, mas não é sempre, às vezes dou a oficina para três ou quatro alunos.

– Hoje é mosaico, né, professora, perguntou uma aluna, parecia mais velha, tinha os seios enormes, mas perguntou toda meiga, toda infantil.

– Hoje é mosaico.

Ísis deu a caixa para Cláudia segurar e abriu a porta da sala, os alunos entraram depressa, o barulho cresceu e Cláudia não conseguia entender se estavam gritando, conversando, rindo ou reclamando, que barulho, que confusão. Ísis apresentou Cláudia e foi falando, os alunos foram se sentando e se acalmando, mas a sensação de Cláudia não mudou, que barulho, que confusão. As vozes diminuíram, mas entraram em seu lugar barulho de mesa, de cotovelo, de portas se abrindo e vidros passando de mão em mão, que barulho, que confusão!

A caixa de papelão estava cheia de vidros coloridos, vidros coloridos e azulejos, Ísis tirou os vidros coloridos e azulejos, falou dos materiais, do estado em que os materiais precisavam estar e que quantidade iria usar, Cláudia foi ouvindo e entendendo com dificuldade, a sala era grande, as palavras muitas, as orientações tantas. Ísis ia solicitando, Cláudia ia tentando, Cláudia abria o armário que Ísis pedia, tirava coisas, precisou correr até a sala dos materiais para pegar uma bandeja que tinha ficado lá, ficou zonza. Ísis pegou a máquina que cortava vidro e azulejo, onde compra essa máquina, quanto custa, mas precisa mesmo da máquina, podemos fazer sem máquina, e lá ia Ísis cortando, respondendo, colando, mostrando, voltando a colar, Cláudia, segure aqui, pegue ali, aqui, está vendo, e os alunos agora em volta delas, olhando, se esbarrando, se acotovelando e perguntando, põe mais ali, eu quero fazer a minha toda amarela, dá para fazer desenhos, precisa mesmo da máquina? Agora Ísis pedia que todos se sentassem e ergueu a bandeja que tinha começado a decorar com o mosaico, tem que ter atenção, tem que ter paciência, tem que ter capricho, agora cada um pega a bandeja que fez na aula passada, calma, Cláudia, segure essas aqui, um de cada vez, calma, professora, a minha eu levei comigo e esqueci em casa, eu não disse que era para deixar as bandejas aqui, tome, use essa, professora, posso pintar a minha antes, não, quem pintou a aula passada pintou, quem não pintou vai fazer sobre a madeira.

Cláudia agora ia de aluno em aluno, está precisando de ajuda, seguro sim, mais cola, tem mais cola no armário, Ísis. Começou a arriscar: olha, você vai fazer uma flor, cuidado, mas o barulho aumentou e a confusão também, resolveu ficar calada, só observando os alunos e fazendo quando solicitada. Ísis ia fazendo seu mosaico e falando, vocês podem decorar vasos, copos e tanta coisa com mosaico, quem quiser ver tenho dois espelhos com moldura de mosaico ali no armário, cuidado, Ana. Um frasco de cola entornou, Cláudia ajudou a limpar, meu Deus, que bagunça, pensou, que bagunça e que barulho, que aflição. Os alunos agora estavam trabalhando mais dispersos, agora colavam e conversavam. Mosaico tem que ter concentração, disse Ísis, como Ísis estava concentrada, como fazia seu mosaico como se fosse a coisa mais importante do mundo... Cláudia começou a reparar em Ísis e a sentir uma mistura de ternura com piedade ao assistir Ísis fazendo algo como se fizesse a coisa mais importante do mundo.

Alguns alunos também tinham um capricho, não todos, mas alguns tinham um capricho e uma atenção, Cláudia reparou num menino caprichoso e atencioso, ele olhava e colava, não conversava e não ria, olhava e colava como se aquela bandeja fosse muito mais que uma bandeja, como se tivesse alguma coisa importante atrás dela, uma coisa muito importante e muito grande.

Ísis encerrou a oficina, as bandejas ficariam lá, continuariam na próxima oficina, os alunos recolheram os materiais, mais rindo do que recolhendo, mais mostrando suas bandejas uns para os outros do que recolhendo. O sinal tocou, os alunos saíram, Ísis foi arrumando a sala, Cláudia foi ajudando, Ísis perguntou se Cláudia tinha gostado, acho que sim. Quando Ísis disse que tudo tinha que ficar bem arrumadinho para dali a duas horas, porque dali a duas horas teriam outra oficina, Cláudia estranhou; ué, outra oficina. Tinha gostado, o tempo até que tinha passado rápido, mas era tanto barulho, tanta coisa acontecendo, que ela se sentia cansada, e tinha sido, de certa forma, um alívio quando Ísis encerrou a oficina. Cláudia sentia que tinha que voltar para o apartamento, queria tomar um banho e descansar um pouco, a escola era agradável, mas o novo ambiente a cansava, os alunos nem se fala. Mas não disse nada, se houvesse outra oficina, ajudaria na outra oficina.

Quando terminaram de arrumar a sala, foram para a rua, para a lanchonete. Cláudia reparou que Ísis estava agitada, falava rápido, andava rápido, tinha tirado seu casaco. Ísis contava casos sobre caixas, pedras, papel, Paulo, Roberta, há cinco anos, há dois anos, na semana que vem. Falava de aulas que havia dado e que queria dar, falava de alunos que tinha que conhecer, ela ia ver, havia gente tão talentosa, ela se orgulhava de muitos. Cláudia escutava de novo com o filtro da piedade e da ternura. Talento para quê, para quem, quem é essa gente, talento para fazer uma bandeja com mosaico e daí? Cláudia ouvia, estava atenta mas distante, talento para quê, para quem, e daí, quadro no museu é arte, bandeja com mosaico é ternura e piedade, se alguém mais crítico fosse avaliar, ia pegar aquelas bandejas, ia olhar aquelas bandejas de perto e dizer que nem mesmo a de Ísis havia ficado tão boa, Cláudia tinha olhado de perto, tinha ficado boa, mas não perfeita, tinha partes mal coladas, a madeira era tão qualquer madeira, Ísis sabia fazer mosaico, mas não era uma especialista em mosaico, não mesmo. O trabalho era bonito, está certo, era bonito, mas era comum, não havia nada de muito original, de muito diferente, de muito valor. Valor, quanto os alunos ganhavam por aquelas bandejas, afinal de contas? Cada bandeja poderia ser vendida pelo quê, pelo preço de algumas laranjas, algumas bananas, um peito de frango, alguns materiais de limpeza e só; pelo preço de um carrinho de compras quase vazio, comprava-se aquela bandeja, bandeja que nem era tão sofisticada nem tão bem-acabada e muito menos artística, bandeja que não era nada, que era valorizada porque aqueles alunos mal tinham o que comer, isso ela entendia, mas Ísis, Ísis tinha o que comer e muito mais, podia até ensinar a fazer bandeja, mas para que levar isso tão a sério, fazer aquelas bandejas não era sério, não era nada, para que encarar como se fosse algo.

Ísis agora estava calada comendo sua cocada, o sol ainda brilhava lá fora e Cláudia pensava, agora tinha consciência de que estava cansada, mas que estava se divertindo, a tarde tinha enchido sua cabeça com essas análises sobre as bandejas e ela estava gostando de analisar. Sua cabeça andava tão lenta, seus pensamentos tão finos e transparentes, era bom derramar um caldo grosso naquela cabeça cheia de pensamentos finos e transparentes, naquela cabeça cheia de lâminas entre os pensamentos. Nem sempre ela havia pensado em torno de lâminas, era bom engrossar as ideias, engrossar de modo que ela pudesse ver melhor. Naquela manhã, ela ainda repararia duas vezes que o tempo não corria, é verdade, mas andava depressa, como se tivesse despertado depois de um banho. Era bom ver o tempo se recuperando de sua convalescença, se refrescando, tinha consciência disso, era bom, ela estava cansada, mas era bom.

Naquela noite, ao se deitar na cama, Cláudia sentiu, pela primeira vez em muito tempo, pela primeira vez em todo o tempo que ela conseguia ressentir, a alegria de um corpo cansado se deitar. Porque ela estava acostumada a sentir um cansaço sem fim, esse cansaço que não se desmancha sobre a cama, esse cansaço que não acaba ao dormir e que não se renova no dia seguinte: era sempre o mesmo cansaço, reaproveitado, relavado, reciclado, sempre uma linha contínua que não acaba nunca, uma linha contínua que abraça e se funde à cama sem graça e sem prazer. Agora esse cansaço tinha se pontilhado, tinha encontrado a cama como quem encontra um presente, um alívio, mas não aquele alívio triste de quem se livrou de algum peso, era o alívio alegre de quem encontrou algum peso, um peso bom, o peso do corpo sobre a cama.

Capítulo Onze

Primeiro, foram as duas cervejas e a porção generosa de torresmo. Levadas pela bandeja de alumínio, elas passearam pela fumaça, pelo barulho, pelas risadas, até baterem com força na mesa de madeira, com tanta força que um torresmo pulou e a garrafa tentou escapulir, mas não teve jeito, Rogério segurou, o garçom se desculpou e lá estavam os dois, Rogério e Márcio, retomando sua participação na fumaça, no barulho e nas risadas. Depois chegaram Fabrício, Jorge, Rubens e Juarez, e mais bandejas de alumínio foram e voltaram, e mais fumaça, mais barulho, mais risada.

Trabalho, goles, risada, trabalho, goles, sério, trabalho, goles, risada, risada, mulheres: a nova namorada de Rubens, a noiva de Jorge, não vá fazer essa besteira, é tão novo, risada, risada, goles, goles, risada, reclamação: minha mulher quer isso, minha mulher falou aquilo, risada, risada, goles. Márcio era o único que gozava de boa reputação na mesa, boa reputação pelo que não fazia, não pelo que ouvia: ela está sempre em cima, como você aguenta, risada, risada. Rogério era o mais simpaticão, o mais sorrisão, Rogério era bonachão, como pode? Todos conheciam a mulher dele, todos tiveram a mesma impressão, nunca trocaram entre si um só comentário, mas todos tinham a mesma impressão: ela sorria por educação, conversava por educação, ela vivia por educação, tinha cara de velha, alma de velha, e Rogério era tão jovem e tão bonachão. Mas, era verdade, tinha a secretária, Nanci, é verdade, tinha

Nanci, e Nanci era nova e sorria com os dentes, com o rosto e o corpo todo, Nanci estava sempre rondando a mesa de Rogério, rondando, rondando, fala a verdade, Rogério, e a Nanci?

– Ora, o que é que tem a Nanci?, ele disse rindo, e todos riram, aquela mesa era disso, de madeira e sorrisos.

– Você pensa que está enganando a quem, ontem à noite, quem deu carona para Nanci, quem deu?

– Quem deu foi a Nanci, alguém gritou, e a mesa explodiu de rir, e mais torresmo chegou, Rogério sempre ria meio nervoso nessas horas, mas o álcool já era tanto que o riso corria solto como o sal num saleiro cheio de arroz, o riso fluía e corria sem amarras, sem pressa nem direção.

Trabalho, trabalho, risadas, goles, trabalho, goles, futebol, passado, goles, futebol, passado, goles, goles, goles, trabalho, trabalho, e mais um, mais um, mais um. Foi Márcio quem disse que precisava ir embora, olha a nossa situação, Rogério, nossa situação. Rogério concordou, mas antes tinha que pedir mais uma, merecia, a vida não estava fácil, risadas, mais uma. Entre a risada, entre a fumaça, entre os sons de copos e risadas e bandejas e pessoas, Rogério sabia que sua situação não era de todo ruim: sim, a mulher era triste, não havia o que fazer para que a mulher deixasse de ser triste, ela era quieta, calada e cansada, havia noites em que ela mal pronunciava uma frase, sim, eles quase nunca faziam sexo e quando faziam ela nunca estava lá, era um prazer solitário feito a dois, ele sabia que era um prazer solitário feito a dois, mas sua situação não era de todo ruim, ele gostava dela, ele tinha Nanci, mas ele gostava dela, gostava do cheiro dela, de dormir ao lado dela, de acordar ao lado dela, da vida com ela, da casa com ela, ele sempre gostaria dela.

Pagaram a conta, quem vai com quem, Márcio e Rogério vão juntos, alguém quer carona, não quero, mas espera, Rogério está sem condições de dirigir, ele não tem condições de dirigir, Rogério riu, todos riram e Rogério e Márcio foram rindo até o carro cinza de Rogério. Entraram, Rogério viu que a chave havia ficado na porta, saiu, entrou de novo, sempre rindo, rindo com aquela leveza e aquela moleza de quem estava rindo havia horas no bar. Deu a partida, falou qualquer coisa, pôs a primeira, acelerou, deixou o carro morrer, mais risadas, quer que eu dirija? Deu a partida novamente, primeira novamente, acelerou novamente, movimento. Mas era o último movimento, mas era igual a todos os movimentos, mas era o último.

O acidente ocorreu dali a menos de dez minutos. Riam e conversavam, Márcio começava a bocejar, Rogério virou à direita, Rogério guiava devagar, estava escuro, o carro vermelho entrou com tudo na contramão, o carro vermelho não era nada, era só um ponto nervoso que se movia rapidamente na escuridão, um ponto que Rogério só viu quando estava muito perto, muito próximo, próximo demais. O carro vermelho se misturou ao carro cinza, o carro cinza se misturou ao estrondo, à velocidade e ao poste, num bolo confuso, misturado e escuro. Rogério abriu os olhos assustado, ainda tentando entender o que havia acontecido, mas não deu tempo de entender, acabou fechando os olhos de novo. Márcio foi acordar só no hospital, acordou muito atordoado gritando pela mulher, era um grito diferente, não tinha voz, mas vinha de dentro, não tinha voz, mas era um grito, nem todo grito tem voz. O grito apagou, ficaram só as imagens, as imagens da mulher e depois da filha, não era filha, mas era, ficaram as duas em sua frente, como um espelho, um espelho que não reflete as imagens nossas, mas as imagens que importam. Ele olhou as imagens, olhou, olhou, sorriu, não com os lábios nem com os dentes, mas sorriu, olhou de novo e então não olhou mais nada.

Capítulo Doze

Ísis não sabia, Cláudia não sabia, mas o bar em que estavam agora era o bar, aquele bar em que Rogério e Márcio estiveram rindo e conversando em cima daquelas cadeiras de madeira, no meio daquela fumaça e daquele barulho.

O bar estava tão cheio como naquela noite, as pessoas eram diferentes, o barulho era o mesmo, aquela mesa tinha mais sorrisos do que risadas, mais análises do que constatações, mais pausas e mais calma. Cláudia estava sentada de frente para Marcela, a Marcela das sobrancelhas grossas, a Marcela que agora era noiva, que agora morava com a mãe e o irmão, que agora gostava de viajar. Ao seu lado, estava Ísis, do outro lado, Ana, desconhecida Ana que tem a voz bonita, que, ao se empolgar, levanta da cadeira e levanta o tom, mas que é agradável, Ana é agradável. É professora, separou-se, foi ela que quis, foi ela que se arrependeu, foi nela que doeu, e esse foi um dos primeiros assuntos analisados por todas naquela mesa, aquela mesa de análises e sorrisos.

As análises eram feitas com as certezas que só existem numa mesa de bar, e ali Ana teve certeza de tudo, dos porquês, dos mas, do antes, do depois. A tristeza era envolta por um verniz de leveza, não era mentira, era um verniz que lustrava, polia, alisava as ranhuras daquela tristeza, arredondava suas quinas, dava um brilho fosco à sua sujeira. Ísis se emocionava com os detalhes de como Ana se sentiu, como Ana fez, o que Ana pensou, e pediu um chope, e vieram outro e mais outro, e lá estavam as quatro entre goles e lembranças, sorrisos e interpretações. Cláudia ouvia tudo atentamente, às vezes concordando com a cabeça, às vezes só seguindo com os olhos, olhos firmes. Era a segunda vez que saía com Marcela e Ana.

Na primeira vez não foram ao bar, foram ao cinema, foi ela mesma quem deu a ideia, quando convidada para o bar: bar, porque bar, não querem ver um filme? Foram ver um filme, fazia anos que Cláudia não ia ao cinema, era sempre tão longe, tão cheio, tão sem por quê. Nem se lembrava da pipoca, tantas pessoas compram pipoca no cinema. Já tinha esbarrado na multidão, já estava com o ingresso na mão, mas foi na pequena fila para comprar pipoca que sentiu algo como uma comichão, uma cutucada, um pequeno despertar: estava na fila para comprar pipoca e de repente compreendeu tudo, sentiu tudo, sentiu uma coisa boa dentro de si, sentiu cheiro de pipoca, viu gente, dali a pouco tempo a porta se abriria, e todos ali queriam ver aquele filme, e todos ali estavam com o ingresso na mão. Olhou ao seu redor e viu movimento, viu luzes, conversas, beijos – o casal atrás dela na fila era tão jovem, aquela podia ser a primeira vez que ia junto ao cinema, olhou mais para trás e viu Ana conversando animadamente com Ísis, as duas, como ela, com ingresso na mão, as duas aguardando a sessão. O homem da pipoca perguntou o que ela queria, ela disse, ele lhe deu a pipoca, ela lhe deu o dinheiro, ela caminhou triunfante com o quentinho do saco de pipoca tocando suas mãos, com o cheiro da pipoca subindo em direção ao seu nariz, ela, que tinha seu ingresso na mão. Ela se juntou a Ana e Ísis, Marcela chegou, Marcela devia estar no banheiro, a sala se abriu, as quatro foram para a pequena fila que se formava e entraram, Cláudia atenta e sorrindo. Ninguém estava falando nada com ela naquele momento, ela apenas seguia Ana, Marcela e Ísis, ela apenas acompanhava a procura por quatro poltronas, mas seus lábios insistiam em se abrir, pelo menos um pouco, porque era isso que eles queriam, um pouco, naquele momento aqueles lábios queriam um pouco de liberdade.

Naquela noite, Cláudia viu o filme como se fosse a primeira vez, saiu do cinema como se fosse a primeira vez e voltou para a casa de Ísis como se fosse a primeira vez. Ninguém percebeu que ela estava começando nada, só ela, e percebeu sem palavras, só com sensações: depois da comichão e da cutucada, veio o morno, veio uma carícia, um afago, esse afago que ela não sabia bem de onde vinha, mas que todo o seu interior experimentava. Ainda conversou um pouco com Ísis antes de se deitar – Ísis bateu na porta do banheiro para lhe desejar boa noite e acabaram conversando sobre o filme. Ísis se lembrou de uma cena, Cláudia fez um comentário sobre a cena, Ísis não concordou e conversaram, conversaram, conversaram. Cláudia foi dormir diferente e acordou diferente no dia seguinte, e continuou sentindo as fagulhas que ainda saíam daquele morno.

Hoje, Cláudia tinha aceitado sem querer o convite para o bar, foi pega de surpresa, Paula estava na casa da avó, o que diria se Paula estava na casa da avó. Tomou banho com preguiça, vestiu-se com preguiça, sentiu apenas uma vontade ao sair, vontade de se deitar na cama, o que tinha nessa cama que tanto pedia sua atenção. Tinha planejado uma noite solitária, dormiria sem Paula no quarto e estava com vontade de dormir sem Paula no quarto: Paula não incomodava, mas é claro que precisava entrar com cuidado, que precisava fechar a porta com cuidado, deitar-se com cuidado, ouvir algumas respirações altas de Paula e alguns movimentos de Paula até dormir. Seria bom dormir sozinha, mas e esse bar, agora? Quieta e distraída, parada em frente à porta, esperando Ísis, Ísis que calçava os sapatos e agora colocava os brincos, tinha aceitado a ideia de ir, mas também tinha se resignado a passar a noite com vontade de voltar. Quando chegou ao bar, porém, quando se sentou, quando veio a primeira porção, quando veio o primeiro chope, veio também uma comichão novamente, essa era mais agitada e veloz, e, quando se deu conta estava rindo, atenta a tudo o que ouvia, grudada no ambiente que a envolvia, enfiada no tempo que passava.

Agora era Marcela quem falava, agora Marcela tinha as sobrancelhas mais finas. Marcela não tinha se casado, tinha um noivo e achava casamento lindo, Marcela achava tudo lindo e não contava ao noivo quando saía com as amigas, ainda mais para um bar, ainda mais naquele horário, tinha dito aos pais que visitaria uma amiga.

– Quero ver como vai ser depois de casar, disse Ana.

–Também quero ver, ai, ai, também quero ver, disse Marcela, e a mesa toda riu, a mesa agora gargalhava alto, a mesa e Cláudia.

Marcela achava graça e no fundo não estava assustada: gostava de sair com as amigas, mas sabia que não sentiria falta de sair com as amigas, sabia que o casamento ia substituir tudo – naquela mesa, ela sabia tudo. Marcela começou a contar como o noivo era ciumento, ele simplesmente não suporta um dos meus primos, imaginem, um primo, e todas riram, e começaram a falar sobre ciúme, e depois sobre brigas de amor, e depois sobre o amor. Cláudia ouvia, ria, comentava, completava, é claro que aquele era um universo muito distante, mas ela ouvia, ria, comentava e completava. Como a bagunça jogada em caixas que ninguém sabe onde estão, em algum canto dentro dela estavam guardados o ciúme, o amor, as brigas. Ela não lembrava como eram, e tê-los lá dentro só servia para que ela reconhecesse aquelas palavras, para que as revestisse de significado, mas o miolo do significado, esse ela não sabia qual era. Ouvindo Marcela narrar uma das últimas discussões do casal, ela acabou se isolando, fugiu para remexer as caixas, encontrou lá no fundo uma briga, fazia anos, era solteira, Rogério a viu conversando com um vizinho. Ela riu, tampou a caixa e voltou a ouvir Marcela.

Marcela foi embora, ficaram só as três, agora mais soltas e livres do que antes, agora Ísis até se arriscava a trocar olhares com o moço a duas mesas dali, Ísis, o que é isso, Cláudia censurou, mas Cláudia ria, todas riam. Agora, não mais comiam, só bebiam, e não mais analisavam, só nadavam nos assuntos, nadavam, saltavam, encostavam, e a sensação era boa, era boa. O moço veio conversar, Ísis riu tanto, e falou seu nome, e perguntou coisas, e respondeu coisas. O moço foi embora, foi Ísis quem falou que estava na hora de elas irem também, pediram mais uma bebida, pediram a conta e foram.

No carro, a alegria se misturou à moleza do álcool e do sono, e Cláudia encostou a cabeça na poltrona e fechou os olhos, e Ísis dirigiu cantando uma música para se manter alerta. Quando estacionou na garagem, relaxou, podia chamar novamente a moleza que naquela noite era dela, e chamou, e as duas subiram as escadas meio que dormindo, meio que acordadas, tropeçando naquela névoa agradável que circunda os curtos instantes de reconciliação com a vida.

Capítulo Treze

– Põe a branca de novo.

– Experimenta esse xale.

– Mas não com essa cinza, com a branca, põe a branca de novo.

– Melhor tentar o sapato marrom, vou pegar.

Cláudia estava em pé, em frente ao espelho do armário de Ísis, a blusa cinza era a terceira que experimentava, depois de dois pares de sapato, estava descalça, que hora eles chegam, que ideia, que coisa mais impensada. Paula trouxe a blusa branca, Ísis trouxe o sapato, Cláudia acabou gostando de um vestido azul-escuro, jogou o xale e calçou o sapato marrom, Paula fechou a cara e foi para a sala, Ísis bateu palmas e pegou a pequena maleta de maquiagem, ainda tinham cerca de meia hora, sente-se que vou pintar você. Cláudia sentou na beira da cama e olhou Ísis. Estava bonita, de saia verde e blusa branca, Ísis era bonita, tinha jogado o cabelo para trás. Ísis combinava com aquele passeio, Ísis tinha que aproveitar, mas ela estava desencaixada, era um laço frouxo numa roupa nova, um laço mal dado, mal-acabado. Tinha vontade de ir, tinha vontade de experimentar, mas algo não entrava, não girava, não cabia, não combinava: que ideia, que coisa impensada.

A noite não era fruto de um supetão, um susto: tinha sido impensada por quase um mês, na escola. Foi Ísis quem não pensou em tudo aquilo. Ou melhor, foi Júlio, mas foi Ísis quem sorriu, quem respondeu, quem ouviu, quem concordou. Júlio dava aula de matemática e sempre era simpático, sempre agradável, usava barba, Júlio era apenas simpático e agradável e usava barba, e Ísis nunca tinha pensado nada, imagine, pensar em alguma coisa com Júlio, ela mal conversava com Júlio. Não era feio, mas era comum, mas fazia tanto tempo, e faltava tanto alguma coisa, e ela queria tanto. Um dia, ele falou algo sobre um café fora da escola, e Ísis achou interessante ele ter falado algo sobre um café fora da escola, e a partir daí começaram a se cobrar, e aquele café, e aquele café, tudo sempre muito leve, muito agradável. Júlio começou a conversar mais, a perguntar mais, a contar mais, coisas que gostava de fazer fora da escola, viagens que tinha feito, e aí apareceu o assunto desse amigo, parece que ele tinha um amigo, esse amigo morava em outra cidade e agora estava chegando, estava na casa dele, por que não marcar um café, ou melhor, um jantar, por que não um jantar nós quatro, Cláudia parece tão simpática e conversamos tão pouco. Ísis concordou, marcou, e só depois falou com Cláudia, que disse que de jeito nenhum, que não havia como, disse brava, mas sua barriga fervilhava, jantar com dois desconhecidos, ora, que loucura, mas Cláudia, o que é que tem?

Cláudia pensou o que é que tinha, e tinha tanta coisa que nem conseguia dizer; jantar, como seria isso, um jantar, nós quatro. Ísis ficou falando do jantar por dias, o jantar virou uma piada na casa, a toda hora dizia: é comida, é cadeira, é companhia, só isso, nada de mais, é um jantar! Ísis perseguia, Cláudia fugia e ria, até que o dia foi chegando, Cláudia foi se apertando, Ísis disse: já confirmei, você vai, não posso passar vergonha, não posso jantar com dois homens. Paula ria, Paula logo tomou o lado de Ísis, ela se divertia com a ideia de Cláudia sair para jantar, só podia ser isso, ela se divertia. Um dia antes, Ísis se sentou séria no sofá, você só está fugindo de brincadeira, você vai, não vai, eu já combinei, não é nada de mais, eu te juro, se você me disser alguma coisa, se me avisar, a gente vem embora, a gente se levanta da mesa e vem, prometo que vem, por favor.

Naquele dia, Cláudia abriu os olhos assustada, era muito cedo, meu Deus, é hoje essa coisa impensada. Tentou dormir mais, não conseguiu, tomou um banho, sentiu muita fome no almoço, estava atrapalhada, deixou o garfo cair no chão, entornou o copo, é hoje! Caía uma chuva, Paula veio mostrar não sei o quê para ela, ela olhava no relógio, o coração corria, presta atenção, Cláudia! Ísis foi à padaria, voltou com pães e doces, ela a ponto de desmaiar e Ísis voltando com pães e doces; comeu, andou pela casa, tentou tirar um cochilo, tentou ver televisão, tentou parar de pensar, tentou tanta coisa e não conseguiu. Deu um salto quando o telefone tocou, Ísis pediu para que ela atendesse, mas ela, logo ela. Atendeu, era Júlio, eu sabia, ele vai cancelar tudo, que bom, vai ser melhor, mas ele não cancelou, apenas confirmou, ela confirmou, desligou e consultou o relógio novamente, é hoje!

A chuva parou, a noite chegou, Paula via televisão, Ísis foi tomar banho, Ísis começou os preparativos, separei algumas roupas, venha ver. Cláudia disse que nada ia servir, mas tinha que experimentar, quis experimentar no banheiro, e tremia ao se olhar no espelho, tremia, tremia. Olhava o espelho com aquela blusa branca, quem era aquela? Ajeitou os cabelos, penteou, quem era aquela? Fora do banheiro era festa, Ísis se penteava, Paula a esperava segurando um colar, ponha esse colar, ponha... Para Paula era simples, para ela era tremedeira, que colar, colar, eu. Botou o colar, trocou a blusa, trocou os sapatos, colocou os brincos, agora a tremedeira tinha ido, agora se sentia ridícula e eufórica, olhava o espelho e ria, sentiu novidade, sentiu-se brincando, era isso, era divertido, era diferente, era uma brincadeira.

Soraia chegou para ficar com a neta, chegou olhando Ísis e Cláudia com reprovação, vocês não vão sair com Marcela e Ana, vocês vão sair com quem, Ísis beijou sua bochecha e foi para a cozinha, foi andando e dançando, travessa. Paula a seguiu, Cláudia ficou sozinha, sua vontade era gritar: não me deixem, mas não gritou, ficou sem graça com Soraia, ali, ela toda arrumada para sair, ela se sentia tão distante de Soraia nesse momento, e voltou a se sentir ridícula, e logo voltou a se sentir eufórica, e estava quase se cansando daquela profusão de sensações quando a campainha tocou.

– São eles, Ísis gritou, são eles!

– Me dá o telefone de onde vocês vão, disse Soraia.

– Não sei aonde vamos!

– Mas como, não pode perguntar, quem são esses homens, fico preocupada!

Cláudia foi pegar sua bolsa trêmula, ouvindo Ísis e Soraia, era cada preocupação, hora, lugar, bolsa, mas dentro dela era tão mais, como pode? Preciso ir ao banheiro, ela disse, pegou a bolsa e se enfiou no banheiro, trancou a porta e se sentou na privada, eu preciso me acalmar, eu preciso me acalmar, mas será que era calma que queria? Ali, sentada na privada, toda vestida, toda maquiada, ela não sabia o que queria. Sentia-se agitada demais para desejar a cama, não era a cama que desejava. Mas sentia-se acuada demais para se lançar lá fora, sentia-se intimidada. Trancada no banheiro, repousava em cima desse estado inquieto, de não querer ir e não querer ficar, e começou a detestar a ideia de tudo ter mudado, tudo o quê?, já não sabia, mas tudo mudou: ali, trancada, vestida e maquiada, não sabia tudo o que tinha acontecido, não sabia descrever que tudo era esse, mas sabia que tudo estava diferente e não sabia o que fazer, quem disse que ela queria que tudo ficasse diferente, quem disse, quem permitiu.

– Cláudia, o que houve?, perguntou a voz de Ísis.

Ela abriu a torneira, molhou e esfregou as mãos sem sabão e saiu, e encontrou o olhar aflito de Ísis, estou pronta. Ísis pegou em suas mãos e disse calma, é só um jantar, e Cláudia suspirou, vamos.

O jantar transcorreu sem problemas. Júlio estava muito à vontade, seu amigo estava muito à vontade, Ísis estava muito à vontade. O trajeto havia sido agradável, a chegada muito agradável e cheia de cortesias, por aqui, posso pegar seu casaco, sente-se, o que vai beber? O lugar era elegante, a música não era muito alta nem muito baixa, a comida era correta, a conversa fluía. Falaram sobre trabalho, sobre a época da faculdade, sobre os hábitos dos mais jovens, o assunto sobre viagens acabou rendendo, eram cidades, países e casos interessantes. Aos poucos, Cláudia foi se acalmando. Estava tensa durante todo o caminho, não conseguia responder sem gaguejar a perguntas simples, pareço uma boba, seguiu pensando, pareço uma boba. Ali, sentada à mesa, tomando sua segunda taça de vinho, sentia que o pior havia passado, sentia como se tivesse atravessado uma densa cortina de fumaça e agora pudesse enxergar, ouvir, respirar. Já não gaguejava, suas pausas já não lhe eram incômodas, e chegou um momento em que até conseguiu se divertir. O amigo de Júlio se chamava Carlos e não era feio, com o passar da noite foi ficando mais bonito e mais engraçado, mas desde o início tinha sido agradável. Quando ele começava um assunto, sempre fazia uma pergunta endereçada a Cláudia, depois que ela percebeu isso começou a esperar pela pergunta e se divertiu. Ele dizia, quando fui lá, e perguntava: você já esteve lá, Cláudia? Ela dizia que não, que gostaria muito de conhecer lá, apreciava os pintores de lá, gostaria de visitar os museus de lá. Ísis era toda dengosa com Júlio e toda sorrisos com Cláudia, gostava de ouvir Cláudia comentando sobre arte, a Cláudia do apartamento nunca falava dessas coisas.

Quando Júlio foi buscar o carro, Ísis sussurrou no ouvido de Cláudia, estou caidinha por ele. Cláudia conferiu se Carlos não ouvia e riu, não estava caidinha por ninguém, caidinha, havia quanto tempo não ouvia essa palavra, que palavra engraçada, caidinha. Entraram no carro, chegaram, Cláudia e Ísis agradeceram pelo jantar, Ísis olhou bem nos olhos de Júlio antes de ir embora, queria ver se sentia aquilo mesmo e sentia: seu coração pulava, que engraçado, estava pulando. Subiram as escadas rindo, Ísis jurava, fazia tempo que eu não sentia isso, que engraçado, era para ser só o Júlio, mas fazia tempo, fazia tempo! Entraram em silêncio, Soraia dormia no sofá. Cláudia abriu lentamente a porta do quarto de Paula, Soraia havia arrumado seu colchão, Cláudia sorriu, abriu a gaveta, pegou seu pijama, saiu, fechou a porta.

Foi no caminho entre quarto e banheiro que Cláudia começou a se sentir estranha, esquisita. No quarto, seu interior já havia começado a ficar todo mexido, mas ela não tinha se dado conta, era abre gaveta, era roupa, era fecha gaveta. Agora, percebia aquela esquisitice, não era uma comichão, não eram cócegas, o que era aquilo? Entrou no banheiro, fechou a porta, não era um agito, o que era aquilo? Enquanto tirava a roupa, tentou ignorar o amargo grosso que agora começava a descer pela sua garganta. Abriu o chuveiro e tentou ignorar o amargo que agora se solidificava e caía como uma rocha em seu estômago, que esquisito, o que era aquilo?

A água descia, ela chegou a dar um passo para entrar debaixo do chuveiro, mas não conseguiu avançar: parou, levou as mãos à boca e, quando se deu conta, estava chorando.

As lágrimas estavam tímidas, o grito veio rouco, mas mais lágrimas vieram empurrando as primeiras, mais voz veio de lá de dentro, de lá onde ninguém mais a ouvia, de lá onde não se enxergava nada... Ela se arrastou até debaixo do chuveiro e se sentou no chão, e agora sentia o rosto todo se contorcendo, a garganta doendo, as lágrimas descendo, descendo, descendo. Rogério apareceu em sua mente como um estranho, mas ela o reconheceu: nunca tinha visto aquela imagem, nunca tinha olhado aquele homem, mas o reconhecia, era estranho, mas ela o reconhecia. E, quanto mais reconhecia, mais as lágrimas desciam, mais a garganta doía, mais o grito empurrava a garganta, e empurrava, e empurrava.

Ela desligou o chuveiro, enrolou-se na toalha e tentou afastar as imagens daquele desconhecido que reconhecia, tentou interromper as novas lágrimas que brotavam com facilidade, com pressa, com fome. Não conseguiu conter aquelas lágrimas rápidas, nervosas, e saiu do banheiro enrolada na toalha, pingando inteira pelo corredor, abriu a porta do quarto de Ísis, tateou a escuridão e se sentou na beira da cama, apoiando as mãos no pedaço deitado que encontrou de Ísis.

– Ele morreu, disse, e Ísis se sentou na cama. Ele morreu, Rogério morreu, e quando ele se despediu de mim eu nem sorri, e ele morreu...

Ísis a abraçou, sem dizer nada. Ficaram ali, abraçadas no escuro, Ísis ouvindo as lágrimas de Cláudia, Cláudia já fraca de tanto chorar. Chorou até ficar vermelha, depois pálida, não via nada, mas sentia que seu rosto ficava de todas as cores.

– Sim, ele morreu, Ísis disse, por fim, mas calma, vai passar.

Capítulo Catorze

Mais um jantar, concerto, teatro, jantar. Era o sexto encontro de Ísis e Júlio e ela estava radiante, ela se esquecia de Paula e de Cláudia, ela se esquecia do antigo Júlio e de tudo que era antigo.

– Lá vai você, tinha dito Soraia, dois dias antes, Soraia cheia de vincos e marcas, lá vai você.

Naquele dia brigaram, Ísis gritou, Paula ouviu e chorou. Paula ainda não conhecia Júlio, mas já o detestava, detestava aquele nome, Júlio, detestava quando sentia o perfume de Ísis, quando ouvia os colares e os brincos barulhentos de Ísis, a força do salto de Ísis no chão. Cadê Ana, cadê Marcela, gosto que você saia com elas, Paula cobrava, Ísis brigava, você é criança, não se meta, eu que sei da minha vida. Isso não está certo, dizia Paula, isso não está certo, me ajuda, Cláudia! Cláudia dizia calma, sua mãe está se divertindo um pouco, você não quer ver sua mãe feliz, Júlio é uma boa pessoa. Boa pessoa, gritava Soraia, boa pessoa, todos são bons para ela, qualquer um serve, quando Soraia gritou isso, Ísis foi lhe dar um tapa, Cláudia segurou, Paula cansou de chorar e desceu para brincar com os vizinhos, brincar e correr, correr depressa.

Agora, no restaurante, tudo era calmaria. Os brincos, os colares e os sapatos de Ísis eram silenciosos, sua casa era longe, Júlio e as pessoas que estavam na mesa eram alheios à bagunça. A conversa passeava com naturalidade, Júlio adorava contar sobre suas viagens, Ísis adorava ouvir sobre suas viagens, Ísis queria muito conhecer outro país. Ísis apoiava as mãos no queixo e ficava assim, ouvindo, só interrompendo para pensar, que homem, que sorte, que alegria, que bom.

Naquela noite, enquanto bebericava sua pequena taça de vinho do Porto, ela estava mais distraída do que nos outros encontros. Ouvia, interrompia com sua alegria, mas também sentia uma corrente quente abraçando seus órgãos – sabia que seria naquela noite, enganava-se pensando que não seria tudo naquela noite, mas sabia que seria naquela noite, sabia e ria desse autoenganar, deixando-se levar pelo aconchego daquela corrente quente. Júlio era gentil e parecia não ter pressa, mas, no último encontro, ele tinha dito que havia comprado aquele filme, aquele de que falaram no penúltimo encontro, é um filme ótimo, você tem que ver, podemos ver na minha casa, você tem que ver. Podemos tomar mais vinho em casa, ele disse, enquanto ela bebericava sua pequena taça, e ela já foi rindo, já esperava. A corrente quente a abraçou de vez. Ele perguntou se estava sendo inconveniente de lhe propor essa visita depois do jantar, ela sorriu, não está sendo inconveniente, é claro que não. Ele perguntou se Paula estava com a avó, sim, está com a avó e Cláudia, é mesmo, Cláudia, como vai Cláudia?

Ele pagou a conta e foram caminhando abraçados até o carro, eles caminhavam abraçados desde o segundo encontro. Ela se arrepiava inteira quando ele a tocava: a intensidade, o cheiro, a temperatura, tudo era macio e aveludado. Eles iam caminhando e ela ia pensando como ele é charmoso, inteligente, culto, como pode ser que este homem esteja solteiro, como pode ser? Ela se dava conta de que nunca tinha conversado com o Júlio antigo sobre casamento – ele havia sido casado, será? Ela se sentia levitando num tempo suspenso, contraditório, queria saber tudo sobre o Júlio antigo, mas só para encaixar nesse Júlio novo, era ele que a interessava, aquele homem charmoso, inteligente e culto, que falava sobre todas as viagens, que se vestia tão elegantemente, que tinha um farto e macio cabelo grisalho, que tinha a voz densa, o sorriso suave, o queixo quadrado naquele rosto áspero – Júlio, que sorte, que alegria, Júlio.

O apartamento era tão bonito, não parecia de homem solteiro, Ísis achou tudo bonito. Ele foi mostrando os cômodos, a sala era grande, havia tantos móveis e nenhuma bagunça, tantos quadros e nenhuma sujeira, as cortinas e os tapetes deixavam tudo aconchegante, e Ísis sentiu uma deliciosa mistura de novidade com familiaridade, sentia-se tão bem ali, como se estivesse ali sempre, mas como se fosse a primeira vez. Ele trouxe o vinho, que horas você precisa ir embora, não preciso, ele trouxe o filme, trouxe o cobertor, Ísis mal podia acreditar quando estava sentada naquele sofá macio, descalça, embaixo do cobertor, esperando que ele voltasse do banheiro, quando tinha se sentido tão feliz como se sentia naquele sofá. Olhou à sua volta, agora via os vasos, os controles remotos, a poltrona cor de vinho, que linda, a poltrona cor de vinho, e a corrente quente fervia em seu interior, quero viver com Júlio, nunca fui feliz sem Júlio, que alegria estar aqui, que bom é viver, que bom é viver...

Ele voltou sorrindo e se sentou ao seu lado no sofá, as taças pela metade repousavam no braço de couro, era a segunda taça que tomavam desde que haviam chegado ao apartamento, a primeira havia sido na cozinha: ela ficou sentada observando-o abrir o vinho e observando o fogão, o chão, os temperos, tudo era tão limpo e organizado e bonito. A segunda taça pela metade, repousando ali no braço de couro, não era só bonita, era deliciosa, era mágica, e ele a abraçou antes de pegar o controle remoto, e ela flutuou. Mas ele não ligou a grande televisão à frente deles, ele pegou o controle remoto, mas depois pegou suas mãos, beijou seu pescoço, apertou suas mãos e acariciou seu cabelo. Ela não sentia mais o sofá nem o apartamento, ela flutuava inteira, deslizava fora da matéria, sentia cada parte do seu corpo se desmanchar a cada toque, cada parte do seu corpo se transformar em energia, em bem-estar, em um enorme e vistoso buquê de todas as sensações boas...

– Não quero nada que você não quiser, ele disse, as mãos dele já embaixo da blusa dela, mas ele disse e repetiu não quero nada que você não quiser.

– Eu quero tudo.

Ele sorriu por inteiro, ele tirou a roupa e a roupa dela, agora ela estava nua, estava livre de todo contato físico que não fosse dela e dele, agora eram ele, ela e a plenitude, agora ela era o universo.

Ísis acordou já sorrindo na cama, que dia é hoje, ah, é sábado, e espreguiçou, e observou o quarto ao seu redor, e sentiu o cheiro de café vindo de fora do quarto. Sentia-se tão bem, tão livre de tudo, como se sua vida tivesse sido sempre aquilo, sempre ali, deitada naquela cama, sentindo aquele cheiro de café. Ela ouvia com alegria o tilintar da louça, o som gracioso de xícaras, pires, pratos, talheres, e olhou ao seu redor, que alegria! Estava coberta apenas por um cobertor marrom, e abraçou suavemente o cobertor, e descobriu o criado-mudo, a cortina, o abajur, o quadro, a porta do banheiro, o quarto era perfeito, o lugar mais perfeito em que poderia estar naquela manhã. Passou as mãos no cabelo, sentiu a pele de seu rosto, era como se quisesse transformar o bem-estar invisível em coisa concreta, coisa palpável, veja, sou eu mesma que estou aqui, que bom, este corpo é meu, que bom.

Ela ouviu passos, sentiu o cheiro do café se aproximando e sorriu, Júlio chegou ao quarto já vestido, segurando uma bandeja, e na bandeja havia um jornal, ela reparou. Onde estava Júlio até hoje, onde ela estava até hoje? Ela se sentou na cama, cobrindo-se com o cobertor, ele arrumou a bandeja em seu colo e beijou sua testa, bom-dia. Ela observou a bandeja, havia jornal, havia café, suco, pão, manteiga e bolo, ela nunca havia sido acordada daquela maneira, ela nunca havia se sentido daquele jeito.

– Eu preciso sair, ele disse, e o rosto dela se desmanchou, mas havia a bandeja, o vaso, o café, o suco, o pão, a manteiga, o bolo, o jornal. Eu preciso sair, mas você fica o tempo que quiser aqui, não há pressa.

Ela então se sentiu infinitamente calma e conversou enquanto comia, enquanto ele se vestia. Ela comentou sobre o que havia sonhado, complementou um assunto que havia surgido na noite anterior, lembrei o nome do autor. Antes de sair, ele a beijou novamente e pediu que deixasse a chave embaixo do capacho em frente à porta, não há perigo, deixe a chave embaixo do capacho. Ela sorriu, ela ouviu a porta da sala sendo aberta e depois fechada e terminou de comer enquanto aproveitava cada fração daquele silêncio aconchegante que tomava conta do apartamento. Quando acabou, colocou a bandeja ao seu lado na cama, passou os olhos nas manchetes do jornal, mas nem viu o que estava escrito, em vez disso se sentou na cama e já ia se levantar, mas ficou recordando cada momento da noite anterior, ficou revivendo, reprisando as melhores partes, assistindo, interrompendo e voltando. Ela se levantou e, nua, levou a bandeja à cozinha, como era fantástico caminhar nua por aquele carpete, como era libertador passar nua entre aqueles móveis, entre os móveis de Júlio. Lavou a louça ainda nua, sentindo-se transgressora, sentindo-se jovem, capaz de tudo e em paz. Voltou para o quarto e tomou banho observando cada frasco, cada torneira, cada pedaço do boxe, da parede e do chão, e depois sentindo cada parte da toalha ao se enxugar, e se aquecendo com cada porção de vapor que ainda subia. No espelho, sua pele pareceu fresca e suave, ela se vestiu como se isso fosse uma experiência nova, diferente de tudo o que já havia feito, e terminou de se ajeitar em frente ao espelho, e sorria ao se olhar, sorria.

Quando saiu do prédio e pisou na calçada, sentiu-se só. Aquela paz tão grande que a havia invadido minutos antes fora embora bruscamente, aquela paz mal-educada foi embora sem dizer nada, como se não fossem sequer conhecidas. Tentou recuperar o estado de espírito com que havia acordado, forçou-se a desfilar em sua mente as imagens que tanto havia reprisado, mas não havia como negar, o estado de espírito que a despertou se fora, e agora, na calçada, era novamente ela, enquanto acenava para um táxi, enquanto entrava no carro amarelo, enquanto olhava as pessoas pela janela.

– Você está completamente louca, ela ouviu assim que abriu a porta da sala, você está completamente louca e quer me deixar louca também.

E Soraia avançou em sua direção, e a sacudiu, como você passa a noite fora sem avisar, você tem uma filha, sua safada, você acabou de ficar viúva, como você faz uma coisa dessas, sua safada! Ísis trancou a porta e foi nesse momento que se despediu de todo torpor, a paz parecia que nunca lhe havia sido apresentada, ela achou o apartamento feio e sua vida feia, ela queria estar com Júlio e queria que a mãe não estivesse ali. O que vão pensar de você na escola, você trabalha com esse homem, o que vão pensar! E que homem é esse, que você nunca me apresentou, um homem que não faz questão de conhecer sua mãe, de conhecer sua filha, que tipo de mulher ele pensa que você é, vamos, me diga. Ísis apenas disse que estavam namorando, foi andando até o quarto de Paula e repetiu, estamos namorando e você já vai conhecê-lo, agora me deixe, e abriu a porta do quarto de Paula, e viu Cláudia dormindo, e deitou-se na cama de Paula, abraçando-a sem senti-la, e pensou, está tudo bem, está tudo ótimo entre mim e o Júlio, está tudo bem.

Soraia passou o dia com poucas palavras e nenhum sorriso, Paula estava contente por sua mãe estar ali, Cláudia estava falante, quero saber de tudo, ela disse, quando Paula desceu e Soraia sumiu de vista, quero saber de tudo. E então Ísis contou em detalhes como havia sido sua noite, e também sua manhã, e sentiu-se bem contando em detalhes, sentiu algo parecido com alegria à medida que falava. O resto do sábado transcorreu tranquilamente, Ísis só ficou triste à noite, Júlio podia ter telefonado, o que será que Júlio estava fazendo, mas não tinha importância, foi tudo ótimo e amanhã nos falamos, não estamos mesmo nos falando todos os dias, está tudo bem.

Capítulo Quinze

Era quarta-feira e Ísis tremia.

Domingo, Júlio havia telefonado um pouco antes do meio-dia, e ela se sentiu bem, fez o almoço, fez panquecas depois da ligação. Ele estava carinhoso, ele perguntou sobre seu sábado, ele disse que havia pensado nela. À noite, Ísis custou a dormir, eram tantos os pensamentos, e todos eram sobre ele. Ele havia dito que não poderia sair, ele havia dito qualquer coisa sobre levar a mãe a algum lugar, e ela concordou, estava tão feliz. Ela só teria oficina na quarta, imaginou que ele fosse ligar na segunda ou na terça para conversar, ou mesmo combinarem um passeio, já haviam passeado numa terça. Ele não ligou e ela foi dormir chorando na terça, Paula se irritou e Cláudia consolou as duas, Soraia havia ido embora.

Agora, na quarta, ela sentia uma onda de energia. Tremeu ao se arrumar para ir à escola, e tremia principalmente agora, estacionando o carro. Cláudia dizia: acalme-se, Júlio a trata tão bem, está tudo indo bem. Ísis concordava com a cabeça, mas por que não se sentia assim? Sentia que tudo estava a ponto de desmoronar, mas também sentia que ainda havia onde se agarrar, e se agarrava. Tentava se lembrar do último encontro, puxava tudo de que se lembrava, fazia tão pouco tempo que tudo estava bem, por que ficar nervosa daquela maneira? Caminhando até o portão, ela se tranquilizou, estava tudo perfeito havia quatro dias, é claro que tudo ainda está perfeito, como você é nervosa, chega! Agora, andando em direção à sala dos professores, ela sentia uma calma forçada, e dava passos rápidos e vigorosos, e ouvia de Cláudia, calma, calma.

Júlio ainda não estava na sala, e Ísis murchou de tal modo que uma colega perguntou o que havia acontecido. Ela disse que não se sentia muito bem, e foi pegar alguns materiais em seu armário, e nem se lembrou de pegar café na garrafa térmica. Cláudia encheu um copo de café e parou em frente à porta da sala, e ficou olhando os alunos e cumprimentando os professores que chegavam.

Quando soou o sinal, Cláudia chamou Ísis, que andou burocraticamente até a porta da sala e saiu, sem o café, nem os sorrisos, nem o material que havia pegado. Cláudia perguntou sobre o que seria a oficina daquele dia, Ísis havia dirigido em silêncio, não havia contado nada sobre a oficina daquele dia, e Ísis balançou a cabeça, na hora eu vejo, vamos ver.

No caminho até a sala, o olhar de Ísis se iluminou, estou vendo direito, sim, estou vendo direito, é Júlio, e todos os tensos cantos de seu rosto respiraram aliviados. Júlio sorriu e andou até ela, cumprimentou-a com um beijo no rosto, cumprimentou Cláudia. Minha turma está assistindo a uma palestra, ele disse, e Ísis só conseguiu pensar em como seria maravilhoso acompanhá-lo durante aquele horário vago, como seria fantástico tomar um café com ele, e só isso importava naquele momento, e todo o resto era impossível.

– Cláudia, hoje a oficina é sua, não é mesmo, quer ir começando, que eu já vou?

Cláudia franziu as sobrancelhas, como, a oficina era dela? Ísis se virou para Júlio e o chamou para um café, deu dois passos antes de voltar e entregar o molho de chaves para Cláudia, termine o que fizemos na semana passada, é simples, disse, antes de se virar novamente e andar, cheia de graça e de leveza, ao lado de

Júlio. Cláudia ainda ficou parada por alguns instantes, com as chaves na mão, o que vou fazer, o que vou fazer?

Júlio falava sobre banalidades, a mãe, o clima, quando pegaram o café e se sentaram lado a lado na sala dos professores vazia. Ísis custava a acreditar que estavam a sós na sala vazia, e custava a acreditar que estava sentindo o que sentia, era tão forte, tão diferente de tudo. Júlio vestia um cardigã verde por cima da camisa, tinha os cabelos penteados para trás, e Ísis começou a pensar que conhecia aquele armário de onde havia saído aquele cardigã, conhecia aquele banheiro onde ele certamente havia penteado aquele cabelo para trás, já havia tomado banho naquele banheiro, sentia-se tão íntima dele e daquele banheiro.

Ele agora falava sobre o feriado, haveria um feriado na próxima semana, talvez viajasse, e ela sentiu uma onda de entusiasmo, será que ele a convidaria? Ela poderia deixar Paula com a mãe e Cláudia, a mãe brigaria, ela podia inventar algo, podia falar que era uma viagem de trabalho, e ela foi pensando em qual desculpa daria e para onde iriam.

– O que você vai fazer na sexta?

Era ele que havia perguntado, era ela que tremia, não farei nada, por que pergunta, vamos para a minha casa. Ela foi percorrida por fagulhas de prazer da cabeça aos pés, sim, vamos, você me pega, a que horas? Pegaram outro café e seguiram conversando, agora Ísis sentia-se completamente extasiada, agora já estava calma naturalmente, não de maneira forçada: para que tanta tensão, ele vai acabar percebendo, viu, está tudo bem, está tudo bem.

Dentro da sala, Cláudia tentava parar de sorrir. Estava sentada lendo a redação de uma aluna, suas mãos balançavam, ela tentava se focar nas linhas à sua frente, mas era difícil, não conseguia controlar os lábios que insistiam em constatar a aventura em que havia se transformado sua manhã, e acabou devolvendo os olhos ao início do texto, vamos ler em voz alta, disse, e começou a ler em voz alta.

Era a primeira redação que recebia para ler. Os outros alunos ainda estavam escrevendo, silenciosos e concentrados, depois da algazarra barulhenta que sempre marcava o início das oficinas, e dessa vez o início estava repleto de "Onde está Ísis?", "Como, não vem?" e "O que você vai ensinar?". Cláudia sentia que, dessa vez, seu nervosismo havia ido embora; ao abrir a porta, tinha ficado um pouco mais calma do que quando viu o aglomerado de alunos em frente à sala, mas, quando lhe questionaram o que era "terminar o que tinham feito na aula passada" – como?, já está terminado, já levamos para casa, como? –, viu-se imensamente nervosa, viu seu olhar percorrer desesperadamente os armários, os frascos de cola soltos, os outros olhares. Vocês gostam de música?, ela acabou perguntando, num tom que soou mais simpático do que o que estava dentro dela, e os alunos foram receptivos, ufa, que bom! Uma respondeu que era famosa por cantar bem, todos riram e fizeram graça, ela não canta direito, professora, não canta. Outro tentou dizer que o pai tinha um violão, mas o barulho era alto novamente, e foi preciso Cláudia, muito sem graça, pedir silêncio, por favor, silêncio. Então, ela propôs que fizessem uma oficina diferente, cada um escreveria sobre música, ou melhor, sobre o instrumento de que mais gostava e por que, o tema foi aprovado entre risos e comentários, uma aluna contestou que aquilo não era oficina. Vamos depois conversar sobre música e quem sabe tocar alguma coisa na próxima oficina, quem tiver como trazer algum instrumento, ela disse, gaguejando um pouco, procurando palavras e ideias, e a turma riu e aprovou novamente, e ela respirou aliviada.

Agora, lendo a redação atentamente, ela se sentiu desanimada, eram frases bobas sobre piano, frases dessas que não têm para onde ir. A menina parada à sua frente, de olhos inquietos, esperando sua aprovação, tinha corpo de mulher, mas escrevia como uma criança, tudo o que tinha para dizer sobre o piano é que parecia algo muito difícil de tocar, e que pena que ele só aparecia em músicas clássicas. Cláudia perguntou: Você gosta de piano? Qual foi a última vez que ouviu piano? A menina respondeu que não sabia, a boca cheia de dentes, mas os olhos cheios de água, por que estou falando isso? Tanto faz o que ela escreveu, pensou Cláudia. Cláudia já ia se corrigir e dizer à menina de olhos úmidos, desculpe, está ótimo, e realmente abriu a boca para dizê-lo, mas, quando abriu, o que saiu foi espere, vamos, todo mundo, parem de escrever, vamos conversar um pouco sobre música antes.

E, então, Cláudia começou a falar com uma velocidade que nem sabia que tinha, a tirar ideias que nem sabia de onde vinham, e as palavras foram se atirando à sua voz tão cheias de vontade que ela precisou se apressar para alcançá-las. Qual o tipo de música vocês costumam ouvir?, ah, que ótimo, bom, muito bom, sim, há muitos tipos, vocês já pensaram no que está por trás de cada música, quais instrumentos uma banda costuma ter? Isso, esse também, e como são feitos os arranjos, conhecem essa palavra, arranjos? Quando se deu conta, ela estava com a boca seca e dolorida, falando àqueles olhos que alternavam dispersão e concentração, vocês já pensaram se existiu algum povo sem música, imaginam por que alguém começou a fazer música, já pararam para pensar nos primeiros motivos, nos primeiros instrumentos? Cláudia foi puxando da cabeça e falando, desprendendo coisas que nem sabia que ainda estavam lá. Vocês já pensaram em como eram esses primeiros instrumentos, já pensaram que a música já fez parte de rituais, alguém sabe dizer o que é um ritual, isso, alguém sabe dizer situações que ainda hoje unem música e ritual, ela foi dizendo, e sentindo que precisava beber água, que nunca havia falado tanto.

Quando Ísis entrou na sala, entrou sorrindo, e viu Cláudia soltando com força cada palavra dita, ela não parecia Cláudia quando estava dando oficina, não parecia, Ísis pensou, na beira da porta, enquanto respondia aos alunos que a cumprimentavam.

Você gosta de música, Ísis perguntou, depois que os alunos foram embora. Cláudia respondeu que sim, tímida. Ísis perguntou se ela tocava alguma coisa, Cláudia respondeu que não e nessa hora foi atropelada por uma avalanche azeda, mas procurou parar de pensar nisso, não existia música, o que existia era falar de música, o que existia era a próxima oficina. Posso continuar o assunto na próxima oficina, perguntou, pedi aos alunos que trouxessem instrumentos. Ísis concordou, trancou a sala e foram caminhando para a lanchonete.

Capítulo Dezesseis

O resto de quarta e a quinta-feira passaram para Ísis como se não existissem, ela não viveu, ela esperou. Não era uma espera triste ou feliz, era uma espera nervosa, possessiva, que expulsava tudo o que não lhe interessava, que fazia pouco do que não esperava. Ísis não estava ausente de tudo, estava presente na sexta à noite, o tempo todo presente na sexta à noite.

Na sexta, acordou agitada e conversou alegremente com Paula de manhã, e deu uma resposta grosseira à Paula na hora do almoço. Depois de comer, perguntou se Cláudia pretendia sair à noite, ela disse que não, e então Ísis a lembrou de que passaria a noite fora, tudo bem se você ficar com Paula, não quero ligar para a minha mãe, tudo bem, claro. Soraia telefonou logo após o almoço dizendo que gostaria de jantar com elas, tinha comprado ingredientes para fazer um caldo verde, e Ísis gritou:

– Você não quer jantar conosco, você quer é saber se vou sair hoje, sim, vou sair hoje, não precisa inventar essas desculpas para me sondar, isso me irrita.

Soraia não respondeu nada, Ísis desligou, ela se faz de sonsa, disse a Cláudia e Paula, em pé olhando para ela, ela se faz de sonsa. Paula desceu, Cláudia foi lavar a louça do almoço, Ísis ficou olhando o relógio, arrumando a casa, olhando o relógio, ligando a televisão, olhando o relógio, olhando o telefone, olhando o relógio. Às sete, ela estava pronta, ele disse que a pegaria às oito, mas não telefonou, estranho, tinham combinado na quarta-feira e depois não falaram mais nada.

Paula entrou em casa com uma vizinha, Ísis mal viu o rosto da menina, agora Ísis via tudo tremido. Cláudia perguntou qualquer coisa, Ísis mal ouviu. E se ele não vier, se ele não vier. Às sete e quarenta, Ísis se arrepiou inteira quando a campainha tocou, era Soraia, e Ísis nunca tinha recebido Soraia com tanto ódio como agora. Soraia olhou com ódio sua roupa, sua maquiagem e seu cabelo arrumado, e o ódio pairou entre as duas, duro e silencioso, quando Cláudia chegou do quarto, abraçou Soraia, pegou as marmitas que carregava, oi, oi! As duas foram para a cozinha, Paula e a vizinha riam lá do quarto e Ísis continuou sentada no sofá, imóvel e com todos os sentidos alterados.

Às oito e cinco, Ísis ouviu uma buzina e correu para a janela e viu o carro dele, é ele, é ele, que bom, que bom. Despediu-se de Cláudia e Paula, cumprimentou a amiga de Paula, deu um beijo no rosto de Soraia.

– Você vai conhecê-lo, quem sabe semana que vem, quer descer agora para conhecê-lo?

– Descer? Eu não, eu não vou descer, se ele quiser me conhecer, que suba, mas saiba já que não vou tratá-lo bem, não sou obrigada a tratar ninguém bem.

Ísis se virou bruscamente, pegou a bolsa e saiu. Ele a esperava lá embaixo, que bom, que bom, era inacreditável de bom.

Carro, beijos, abraços, conversas, caminho, o apartamento dele: está tudo igual, tudo no lugar, o mesmo cheiro, os mesmos móveis, que saudade, ah, que coisa boa. Vinho, massa, sorvete, frutas, ele cuidava de tudo. Conversa, música, dança, vinho, beijos, vinho, só os dois, os dois e o apartamento. Mais beijos, pele, mais pele, levitação, flutuação, universo...

Ísis agora estava nua, deitada no sofá, tentando recuperar sua respiração enquanto esperava que ele voltasse com um copo d'água, quando percebeu que estava tão feliz que doía.

– Que noite maravilhosa, ele disse, trazendo a água e beijando suavemente a testa de uma Ísis menina, que recebia aqueles carinhos como quem agarra um pacote de doces.

– Me abraça, ela pediu, depois de tomar a água.

Ele a abraçou e ela fechou os olhos, na ânsia de registrar com todos os seus sentidos, agora tão alertas, cada fração daquela noite.

– Vou levá-la para casa, certo?

Ela abriu os olhos sem entender o que tinha ouvido; casa, que casa, a casa *dela*? Vou levá-la para casa, ele continuou, num tom muito suave, num tom que ficaria tão bem em outra frase. Ela queria gritar, vou dormir aqui, vou passar a semana, o mês, não quero voltar, mas ela não disse nada, sentiu uma pressão no peito e, antes que pudesse se controlar, chorou. Ele arregalou os olhos.

– Você está chorando, o que houve?

– Que vergonha, não era para chorar, desculpe, e ela se levantou e começou a catar suas roupas espalhadas pelo carpete.

– Não me leve a mal por querer levá-la, você tem uma filha, sinto-me mal por você passar a noite aqui, ela sozinha...

– Ela não está sozinha, está com Cláudia e minha mãe, e quem sabe da minha vida sou eu, ela disse, agora cheia de raiva, vestindo a blusa.

– Acalme-se, Ísis. Eu só acho que uma mãe não deve dormir fora assim, afinal, você tem sua casa e eu tenho a minha, é melhor.

– Pare de inventar desculpas, você quer é se livrar de mim! Você está falando que se preocupa com Paula, você nem conhece Paula, você nunca quis conhecer Paula nem minha mãe, você quer é se livrar de mim...

Ela começou a chorar abundantemente enquanto se vestia, ela tremia toda, e ele começou a se vestir lentamente. Isso não está acontecendo, ela pensou, com o rosto todo molhado e desmanchado, tudo estava tão bom, isso não está acontecendo, não está.

– O que somos um do outro?, ela perguntou, já vestida, e uma voz dentro dela gritou: cale a boca! Não pergunte isso, apague, tente voltar, cale a boca! Mas ela já havia perguntado e agora esperava uma resposta, não era justo, sexta à noite já havia chegado, era madrugada de sábado e ela ainda esperava, esperava, esperava...

– Ísis, ele disse, sempre suave, puxando-a com a mão e sentando-a no sofá ao seu lado. Ísis, vamos com calma, tudo bem. Não quero apressar nada, está bom do jeito que está. Vou deixá-la em casa esta noite, vai ser melhor para todos, vamos com calma.

Ela não disse nada durante o trajeto, só assoou o nariz algumas vezes e se sentiu ridícula por isso. Como odiava interromper o silêncio daquele carro com seu nariz, e como odiava olhar o rosto dele e ver tudo perfeitamente seco, ridiculamente indiferente.

– Quando nos vemos de novo, ela perguntou quando ele parou o carro, e de novo se arrependeu no mesmo instante, e de novo esperava.

– Ísis, vamos com calma, ele repetiu. Semana que vem, passarei alguns dias fora, quando voltar, telefono, tudo bem?

Ela saiu do carro mal conseguindo andar, entrou no prédio mal conseguindo reconhecer aquelas paredes, subiu as escadas mal conseguindo se firmar sobre os degraus, mal conseguia. Em casa, silêncio e escuridão, ela foi andando sem fazer barulho até seu quarto, e se deitou na cama sem se trocar. Ele vai telefonar quando voltar, acalme-se, disse a si mesma, sem convicção, antes de se entregar a um sono profundo e a um despertar pesado.

Ele viajou, ela esperou, ele chegou e não telefonou, ela não comeu.

Numa quarta-feira, Cláudia levou Paula à escola, Ísis não tinha conseguido se levantar da cama. Ela está doente, disse a Paula, ela já vai sarar, por que vocês vivem doentes?, perguntou Paula. Vocês precisam comer direito, precisam de vitaminas, ela foi dizendo no caminho. Cláudia tomou um ônibus e foi à escola dar a oficina, às vezes olhava para o colo com desdém, outras com curiosidade, mas não chegou a abrir, só carregou: era um violino. Havia comprado na véspera, tinha andado, tinha escolhido só com perguntas, sem encostar nele. Naquela manhã, aquele violino foi tocado por muitas mãos ansiosas e descuidadas, enquanto ela ficou olhando e falando. Um tinha levado o violão do pai, outro conseguiu um tambor emprestado, outro levou um órgão numa enorme caixa de papelão, e Cláudia agradeceu por todos terem se esforçado e trazido os instrumentos, e ficou tonta quando todos os instrumentos foram despidos de suas caixas e obscenamente dispostos em cima da grande mesa de madeira, seu violino passando obscenamente de mão em mão. Vamos ver, quantos tipos de instrumentos há aqui, vocês sabem dizer?, ela começou, e falou, falou, falou: eram cordas, sopro, agudos, graves, dedos, arcos, boca, fôlego, destreza, prática, muita prática. Ainda havia muito a dizer quando o sinal soou, ela havia falado sobre tipos de instrumentos, sobre história musical, sobre partituras, ela precisava organizar melhor o que falar, mas que bom, os alunos estavam todos concentrados e interessados e ela estava tonta, mas que bom. Quando a sala ficou vazia, ela pensou em afinar o violino, mas só pensou, e o pôs de volta no estojo e suspirou cansada e feliz.

Quando chegou em casa, ela se assustou ao ver que Ísis ainda estava deitada, e insistiu que se levantasse: você não come desde ontem, e comeu tão pouco ontem; trago aqui, não, você precisa se levantar. Ísis estava pálida, com olheiras, descabelada, e se levantou com uma força que sua palidez, suas olheiras e seu descabelado não conseguiram suportar. Ela então caiu no chão, olhos fechados, e Cláudia disse meu Deus, meu Deus.

– Ela acordou e voltou para a cama, dei-lhe comida na boca, não sei mais o que faço, disse Cláudia, pelo telefone.

– Não basta dar só comida, tem que dar vergonha na cara, respondeu Soraia, mas vergonha ninguém consegue dar, só ela, já cansei de tentar, ela que se vire!

Cláudia desligou e ficou pensando como podia ajudar Ísis, quem era aquela Ísis do quarto, por que Ísis sofria assim. Tinha pegado Paula na escola, tinha acabado de voltar quando Soraia bateu na porta e se lançou rapidamente ao quarto, levanta, chega disso, levanta!

Paula quis saber o que estava acontecendo, Soraia tirou o cobertor de Ísis, abriu a janela, anda, levanta. Ísis se sentou na cama e começou a chorar, um cheiro estranho saía de Ísis e do quarto todo, e Soraia saiu abrindo todas as janelas do apartamento e todas as cortinas. Vista-se e venha comigo, você tem cinco minutos, Ísis se levantou e se vestiu sem força nem resistência, Paula gritava da sala. Veio Cláudia, que penteou os cabelos de Ísis e lhe passou desodorante, o banho fica para a volta, já se passaram cinco minutos, disse Soraia. Soraia pegou Ísis pela mão, Paula, acalme-se, Cláudia, obrigada, tratem de comer, até logo.

A porta da sala bateu e Cláudia ficou em pé, por alguns instantes, e se lembrou de Paula, que tinha sumido da sala, e andou até o quarto. Paula, por que não vai tomar banho, por que não lava o cabelo, vou preparar alguma coisa para comer. Paula foi para o banheiro e Cláudia foi para a cozinha, não pretendia passar nada em sua cabeça enquanto picava a cebola, mas acabou passando aquele dia, a oficina havia sido tão boa, a volta tão estranha, quanta coisa em tão pouco tempo, como Ísis muda, como será que o tempo passa para Ísis. Como o tempo passava para si. Era bom dar as oficinas sobre música, era muito bom, ela ficava zonza, mas ela achava bom, e não queria parar, mas também não queria pensar nisso, que coisa estranha. Não queria analisar, não queria tirar conclusões nem traçar planos, mas análises, conclusões e planos fervilhavam em sua mente, confusos e misturados. O que tinha mudado nestes últimos dias. Já tinha dado uma oficina, as oficinas eram boas de dar, mas agora ela se sentia esquisita com esse fervilhar de coisas, o que tinha mudado. Ela não sabia se desejava aquele fervilhar, quem disse que podia haver um fervilhar? Então ela se lembrou, não estava apenas com Paula em casa, agora tinha ele, agora tinha aquela incômoda presença separada dela apenas por alguns metros de distância e um estojo preto de lona.

Quando se lembrou dele, foi como se tudo tivesse se resolvido em sua mente, suas sensações estranhas estavam explicadas. É só ignorá-lo, ela disse a si mesma, e terminou de picar os legumes da sopa, e pôs a sopa no fogo, e foi ver se Paula estava pronta, e foi pegar o álbum de fotos. Fazia duas semanas que havia pegado os álbuns de fotos na sua casa, gostava de olhar as fotos sem pressa, gostava de se lembrar de Rogério com o testemunho das fotos. Às vezes, saía uma lágrima, às vezes, saía um conforto morno, e ela sentia aquele conforto morno, e se lembrava de situações passadas, achava graça de alguns detalhes, sentia-se dolorida com outros, às vezes punha alguma música para tocar, enquanto olhava o álbum, às vezes bebia chá, e esse era seu novo passatempo.

Capítulo Dezessete

Ísis se sentou no comprido banco de madeira, para logo em seguida se ajoelhar. Juntou as mãos e sentiu-as fortes ao se juntarem, e gostou disso. Antes de começar, esforçou-se para esvaziar sua mente. Queria sentir aquele cheiro, um cheiro de concreto e gesso misturado a algo que não sabia dizer o que era, a alguma coisa que nunca havia sentido. Queria aspirar profundamente aquele cheiro marcante e desconhecido, e queria sentir seus joelhos tocando a madeira dura, e queria ser amassada pelo imponente silêncio daquele lugar – pelo silêncio que pesava forte sobre sua cabeça, ampliando qualquer palavra pronunciada por qualquer pessoa, de modo a intimidá-la, de modo a perguntar: você quer mesmo dizer isso? Ela não sabia dizer por que, mas, no momento em que entrou naquele lugar, e, depois, no momento em que se ajoelhou, já se sentiu um pouco melhor. O pé-direito alto, o silêncio, o cheiro marcante e desconhecido, tudo fazia com que ela se sentisse pequena ali, com os joelhos sobre a madeira dura, como uma criança castigada por ter cometido um delito, e ela gostou de se sentir pequena, e ela gostou da paz que envolveu, por alguns instantes, seus pensamentos difusos e atordoados.

Igreja ou médico, a mãe havia lhe dito, e em outro momento ela teria rido, ela poderia ter gargalhado, desdenhado, mas ali, no carro, encolhida no banco do passageiro, ela se sentia tão frágil, tão desamparada, que se pôs imediatamente a pensar, igreja ou médico. Ela não tinha vontade alguma de rir, tinha vontade de alguma coisa, mas não sabia de quê, estava perdida. Seguiram as duas caladas, ela pensando que o médico curava aquelas coisas, aquelas coisas eram coisas de médico, que coisas eram aquelas. Ela se sentia tão mal, era como se todos os seus órgãos tivessem desaparecido, como se o seu interior tivesse se transformado num vão oco, um vão oco em que a tristeza conseguia correr com toda a liberdade. Alguma parte lá dentro queria melhorar, ela sentia que havia uma parte lá dentro que queria melhorar, que puxava seus órgãos de volta, mas que parte era essa, e como ajudar essa parte? A mãe foi dirigindo e ela foi pensando, por que minhas mãos estão tão fracas, por que minha cabeça está tão zonza e sem direção? O carro parou de repente, a mãe desligou o motor e saiu, e então ela abriu a porta do carro lentamente, saiu fechando os olhos por causa da luz do sol e viu uma grande igreja. A mãe entrou, ela seguiu a mãe, e, quando viu todos aqueles bancos de madeira enfileirados, quando aspirou aquele cheiro totalmente novo, quando sentiu a força daquele vazio imponente, teve ganas de se ajoelhar e juntar as mãos, e foi o que fez.

Agora, ela tentava recordar os pais-nossos e as ave-marias que não rezava desde a escola, com as mãos bem juntas, os olhos fechados e a voz sussurrada. Na metade do segundo pai-nosso começou a chorar, e seguiu rezando e chorando, as mãos e as pálpebras cada vez mais apertadas. Primeiro, as orações eram interrompidas por alguns espaços, mas, aos poucos, ela foi se lembrando de tudo, e na quinta ave-maria ela já lembrava de cada linha, e já tinha o rosto inteiro lavado, e os joelhos doloridos como nunca.

Quando abriu os olhos, viu que estava sendo observada pela mãe e por um padre e sorriu. Cometi esse erro na educação dela, ouviu a mãe dizer, o pai dela não era religioso e fui largando, me arrependo de ter largado, não devia ter parado. Ela voltou a rezar, e agora ouviu o padre dizendo que nunca é tarde, que há hora para todos, que o importante é orar.

Ela se levantou, andou e abraçou a mãe. Deitou a cabeça em seu ombro e o padre sorriu, e o padre começou a falar com uma voz muito doce, a falar sobre as missas, sobre a bíblia. Novamente ela chorou, e então abraçou mais forte a mãe e disse ao padre que aquela era a primeira vez em meses que se sentia bem, em meses, não, na vida. Eu não deveria ter abandonado Deus, ela disse, lembrando-se de suas rezas na escola, eu não deveria ter abandonado Deus. Ele sorriu, disse mais algumas frases doces, e disse que a próxima missa começaria dali a pouco mais de uma hora e que ficaria muito feliz com a presença delas.

As duas caminharam algumas quadras e passaram o tempo numa lanchonete. Decidiram levar um bolo para viagem, tomar um café e comer um pedaço de torta. Na expressão de cada uma, mais alívio do que alegria. Soraia pensava como demorei tanto tempo para pensar nisso. Ísis pensava, que bom, que bom. Enquanto comia, sentada num banco de madeira, ao lado da mãe, no meio de todo aquele barulho de liquidificador, pessoas e copos, Ísis sentiu seus órgãos voltando um a um a seus lugares: eles estavam murchos, eles mal continham seus contornos e recheios, mas estavam voltando, estavam se acomodando novamente.

O padre abriu a missa com um sermão sobre a paixão, e Ísis precisou sair da igreja para soltar suas lágrimas barulhentas. Quando voltou, uma fila se formava para a comunhão, e ela se ajoelhou como havia se ajoelhado, e agora pedia perdão por todos os seus pecados. Quando acabou, entrou na fila, agora pequena, e emocionou-se ao sentir a hóstia fundir-se ao céu da boca, e se ajoelhou novamente e rezou quantos pais-nossos e ave-marias conseguiu antes de o padre voltar a falar.

Quando entrou no carro, agradeceu a mãe pela paciência e pediu desculpa pelas preocupações. Em casa, abraçou Paula com força e depois abraçou Cláudia. Desculpe, amo vocês, desculpe, e ameaçou chorar, mas Soraia disse, indo para a cozinha, chega de chorar, já chorou demais, vamos comer o bolo, e todas foram à cozinha comer o bolo.

Depois daquele dia, Ísis começou a ir à missa todas as manhãs. Acordava com o nascer do sol, tinha se imposto essa meta, acordar com o nascer do sol, pegava o carro e ia, e rezava, e ouvia, e se ajoelhava, e comungava, e se emocionava. Aquele ambiente lhe fazia tão bem que era difícil imaginar como havia passado tanto tempo sem frequentá-lo, por que tanto tempo, como, por quê? A sensação que tomava conta dela quando o padre se despedia e ela saía da igreja cheia, olhando e cumprimentando com um sorriso os fiéis, sentindo aquele cheiro, sentindo aquela paz, a sensação era tão boa, que só era comprometida pela cobrança: isso devia ter feito parte da minha vida sempre, eu pertenço a esse lugar, isso devia ter feito parte da minha vida sempre.

Ela então caminhava em direção ao carro com um corpo completamente diferente do que tinha levado à missa, de manhã. Ela olhava as pessoas com olhos diferentes, respirava com outros pulmões, andava com outras pernas, ela e seu novo corpo. Como podia ser a mesma já que sentia-se, via-se e experimentava-se de maneira tão diferente? Ela se sentia plena, viva, e era difícil imaginar como tinha andado tão tristonha, como tinha sido tão afetada por um homem, por uma paixão, por uma fraqueza, por Júlio, que bobagem! Dirigindo para casa, ela se sentia forte e capaz, e era como se tivesse passado a entender tudo repentinamente, os homens, as coisas, o mundo. Tudo que era nublado, turvo, toda e qualquer angústia se dissipou, e agora ela não só sentia todos os seus órgãos de volta como num lugar muito melhor do que antes, com cores e formas muito mais nítidas do que antes. Nítidos eram também seus olhos, que haviam sido míopes por tantos anos, míopes, errados. Dirigindo para casa, ela saboreava cada partícula desse novo ser e dessa nova vida que se apresentava diante dela.

A mudança brusca não deixou de assustá-la, é verdade, mas era um susto bom, um susto que só servia para que ficasse ainda mais satisfeita com as mudanças. Era como se tivesse se livrado de uma casca dura e seca que prendia com rigidez todo o seu interior, e agora era como se a casca tivesse se soltado e ela fosse apresentada a uma nova e delicada pele, fina, macia, sem as marcas do tempo e sem manchas de sol. Era dessa nova pele que queria cuidar, era esse novo eu que queria viver e proteger, e se sentia radiante dirigindo para casa, dirigindo com suas novas mãos, com as palavras do padre ainda ecoando em sua nova cabeça.

Não demorou a se envolver com as atividades da pastoral. A igreja oferecia aulas variadas a quem quisesse frequentar, e Ísis logo foi tomada por um enorme entusiasmo, e se viu passando todas as tardes na igreja para tentar ministrar oficinas àquela comunidade carente. Todos os envolvidos na pastoral, os padres, a secretária, os voluntários, todos ficaram muito contentes com sua iniciativa de dividir seu tempo entre oficinas na escola e na igreja, e não demorou muito para que ela deixasse de ir à escola, e agora ela dava oficinas todas as tardes na igreja.

Sua sala não era só sua e tinha uma porta que dava para a rua, e ela gostava de sair do carro, atravessar a rua e ver sua sala sempre com a porta aberta, sempre com a secretária da pastoral ou um padre passando e conversando com alguém do bairro. A sala era simples e pequena, os materiais eram todos doados, e antes da primeira oficina ela se empenhou numa campanha para arrecadar fundos para novos materiais, e essa campanha a encheu de bem-estar. Ela saía de casa com o nascer do sol, voltava para almoçar com Cláudia e Paula, e levar Paula à escola, e retornava à igreja, onde se dedicava à campanha, e depois às mudanças na sala, e depois à divulgação da oficina, e finalmente às primeiras oficinas.

Margareth, a senhora baixinha de quase setenta anos, era a secretária da pastoral há três décadas, e Ísis gostou imediatamente dela, Ísis primeiro gostava e depois conhecia as coisas e as pessoas da igreja. Margareth ganhava um pequeno salário, entre suas tarefas estavam elaborar calendários para as comemorações, procurar voluntários para as aulas, promover festas, organizar bingos, colocar as contas em dia, negociar com empresas doações de objetos simples e imprescindíveis, objetos que iam de um novo aparelho de telefone a rolos de papel higiênico. Margareth era casada, tinha dois filhos e desde o início desenvolveu um carinho maternal por Ísis, que a ajudava em suas tarefas sem pedir nada em troca. Numa tarde de segunda-feira, quando Margareth se viu às voltas com uma pequena inundação no banheiro, que tomava conta dos azulejos no mesmo horário do pequeno comerciante que doaria três ventiladores, Ísis disse: Eu resolvo o problema, vou dar uma atividade aos alunos e resolvo, fique tranquila, já resolvo. Quando Margareth voltou, um encanador terminava de arrumar o vazamento enquanto a faxineira já estava a postos com um balde, um rodo e um pano de chão, e aquela visão do encanador e da faxineira com seu balde, rodo e pano de chão deixou Margareth tão contente que ela acariciou o cabelo de Ísis e disse: Você é uma alma boa, e Ísis ficou tão grata por ouvir aquilo, e ficou por tanto tempo com aquilo na cabeça, você é uma alma boa, Margareth a tinha olhado nos olhos, você é uma alma boa, Margareth conhecia tanta gente, você é uma alma boa.

Entre uma oficina e outra, Ísis falava com os pais dos alunos, ouvia seus problemas, cumprimentava os padres e seus ajudantes, conversava com Margareth, tomava café com a faxineira e a cozinheira, assistia a pedaços de missa, rezava. Ela se sentia tão pertencente àquela rotina, e começou a nutrir um carinho tão forte por todos que faziam parte dela, que a cobrança por não ter frequentado a igreja no passado a deixou, e agora era como se nunca tivesse vivido de outra maneira. Chegar à igreja de manhã e voltar à tarde era ainda mais especial do que voltar para casa, ela trocara o macio do seu sofá pelo duro banco de madeira, ela trocara cada uma das farpas que formavam suas angústias por fartas porções de certeza e sentido.

Capítulo Dezoito

Era domingo à tardinha e Cláudia estava sentada no sofá com uma xícara de café. Tinha levado o jornal para o sofá, agora tinha o hábito de comprar jornal, e passava o dia lendo jornal aos poucos, de caderno em caderno, gostava de ver como ele amanhecia feliz e ficava fino, à noite já estava devorado, vivido. À tardinha, com o jornal pela metade, com a xícara pela metade, ela olhava pela janela da sala a paisagem dourada, o sol começava a se pôr, domingo é um dia triste.

Ela começou a ler o caderno sobre a cidade. Ísis estava na missa, Paula estava na missa, Soraia estava na missa. Ela não quis ir, nunca queria, não sabia por que, só não queria, e no início Ísis não dizia nada, mas nesse dia havia dito, eu não sei por que você nunca nos acompanha, não sei qual é o problema, por que prefere ficar sozinha, por que não quer se juntar a nós? Fazia duas semanas que Ísis a chamava diariamente para ajudá-la nas oficinas, me ajudava na escola mas não ajuda na igreja, qual é o seu problema com a igreja? Ela não sabia, mas não queria ir, sentia-se tão esquisita com a ideia de ir, sentia-se tão esquisita com a alegria de Ísis. Aquela não era a alegria de Ísis de sempre, era uma alegria diferente, plastificada, embrulhada, naquela alegria tinha algo que não podia respirar.

O apartamento agora estava cheio de imagens, imagens e velas, eram imagens de santos pelos móveis e velas acesas dentro do tanque, na área de serviço. Não posso conversar agora, um minuto, eram as novas frases de Ísis, eram novenas, terços, sussurros, sinais da cruz, era Paula indo para o catecismo, era Paula voltando do catecismo, era Paula que agora não só corria lá embaixo como rezava antes de dormir e antes de comer. Cláudia dava as mãos antes de comer, por que será que isso lhe incomodava tanto, não sabia. As imagens tinham chegado uma a uma; quando Cláudia se deu conta, eram tantas olhando para ela que não sabia mais o que era ficar sozinha naquele apartamento, primeiro era o violino, agora essas imagens.

O violino não tinha mais saído do estojo, agora morava no estojo e no chão, agora era fixo como a mesa da sala, como os pés da geladeira. Ele estava fixo desde a última oficina, escondido entre a cama de Paula e o guarda-roupa, pedindo desculpas, não queria atrapalhar, não era para existir.

A última oficina tinha sido a última sem Cláudia saber. A última oficina era como a morte de Rogério, veio sem avisar e não permitiu despedida, e agora a assombrava como todo fantasma, como tudo que não está, mas é como se estivesse.

Naquele dia, a sala estava cheia, Ísis estava ajudando. Tinha sido assim das últimas vezes: Cláudia dava a oficina sobre música, Ísis olhava e ajudava, Ísis balançava os pés e as mãos, Ísis se acomodava com incômodo, como se nunca tivesse estado ali. Naquele dia, Cláudia percebeu que já sabia todos os nomes dos alunos, e a oficina começou com essa brincadeira, duvidam que eu sei? Eu sei, e sabia. Naquele dia, Cláudia sorriu muito, e se tinha algo que lhe trazia alívio era isso, tinha sorrido muito, tinha falado o nome de todos os alunos, tinha olhado cada um dos instrumentos. Agora, a oficina falava do violão, tinha pegado o violão de um aluno, arrumado no colo e falado das notas, das cordas, dos acordes.

Tinha passado um exercício e todos tinham feito o exercício, revezando-se nos violões, eram cinco violões para dezesseis alunos, e Cláudia ficou passando entre os alunos e os violões e corrigindo e mostrando, e como gostava de passar, corrigir e mostrar.

Naquele dia, tinha se sentido tão bem com o violão no colo que quase teve vontade de pegar o violino, mas o violino passou a oficina toda no estojo, fixo na mesa de madeira, como um objeto de decoração de que ela não gostava muito, um objeto de decoração para o qual ela sempre olhava e pensava em trocar. Mas o violão no colo era bom, era bom passar os dedos entre suas cordas, era bom tocar uma música que não tocava havia muitos anos, era bom ver que a música saía sem feri-la, sem exigir nada dela, só saía.

Quando o sinal bateu e os alunos começaram a sair, ela pegou o violino e as chaves e Ísis se aproximou e não olhou, Ísis olhava para a mesa de madeira e estalava os dedos da mão direita.

– Não tranque a sala, hoje vamos deixar aberta, vou ter que parar com as oficinas.

– Parar com as oficinas?

– Fale baixo, vão ouvir, vão reclamar. Você sabe, estou dando oficinas na igreja, não consigo mais dar oficina em dois lugares, vou ficar só com a igreja e você me ajuda lá.

Cláudia só conseguiu balançar a cabeça e precisou ser lembrada novamente de que deveria deixar a sala aberta, já estava trancando, já estava indo embora com a mesma sensação e os mesmos pensamentos que a acompanhavam nas últimas oficinas: o que tinha sido dado, o que daria na próxima, um ou outro momento que se destacou, o encantamento de Juliana pelo violão, o entusiasmo de Fábio, que tinha praticado um exercício em casa e agora mostrava que havia conseguido. A sensação e os pensamentos correram bruscamente dela, fugiram, e agora ficavam apenas as cinzas de uma alegria que havia morrido, e ela sentia o gosto ruim dessas cinzas, e tossia no caminho até a rua. Naquele dia, voltaram em silêncio, e Ísis não subiu para o apartamento, deixou Cláudia e foi à igreja, chamou Cláudia mas não insistiu, mas agora ela insistia, e era nessa insistência que Cláudia pensava agora no sofá, entre as imagens espalhadas pela casa e o caderno de jornal lido, a xícara vazia e o dia escurecendo.

Cláudia se assustou com o barulho, era a porta da sala se abrindo, Paula correu para o quarto e Ísis falava alto.

– Não adianta pedir mais, não sei por que peço, não sei o que você faz todo dia que é mais importante!

Soraia entrava em seguida, ouvindo a voz alta de Ísis, que continuou: já que ela não me ajuda, você podia ajudar, você passa o dia todo sem fazer nada, o que você faz?

– Eu não insisti tanto para que você fosse à igreja para me criticar, eu estou acompanhando você aos domingos, não estou?

– Mas a semana tem sete dias, e Paula saiu no meio e quando vi já estava lá fora, vocês duas me envergonham, você só indo aos domingos, Paula saindo, Paula!

E Ísis rumou para o quarto de Paula, e Cláudia notou, Ísis não tinha falado com ela, tinha falado dela, tinha dito que ela não me ajuda, e Cláudia percebia que era essa ela.

– Vou embora, disse Soraia, não sei como você aguenta essa casa.

Cláudia pensou... aguentar, nunca tinha pensado em aguentar, será que aguentava?

Cláudia convenceu Soraia a ficar, Ísis estava nervosa, ia passar. Foram à cozinha e ficaram as duas fazendo o café, só fazendo e ouvindo o café ser feito, e depois, quando cortavam o pão, falaram alguma coisa. Foi Soraia quem começou, a raiva que sentiu na sala havia passado, e agora ela procurava as palavras, e dizia que pelo menos Ísis havia esquecido aquele homem, e que Ísis estava exagerando, exagerando. Cláudia sugou com força o som dessa palavra. Cláudia se sentia estranha e era bom ver que Soraia também estranhava. Aquele estranhamento que unia as duas não era um estranhamento distante, aquele estranhamento era próximo, era um estranhamento preso nas coisas. Cláudia se sentia dentro das coisas, participando das coisas e estranhava, não sabia por que, mas estranhava, e pela primeira vez sentiu saudade de sua casa e vontade de ir embora dali.

Capítulo Dezenove

Soraia mexia a panela, parava de mexer e via se ouvia. Não é nada, não é nada, e então ela voltava a mexer a panela, mas logo parava de mexer e via se ouvia. Ela suspirou, salgou, mexeu mais, provou, tampou, lavou as mãos e foi para o quarto, e não era mesmo nada, o bebê dormia indiferente, o bebê estava tranquilo no mundo só dele, e ela sorriu, voltou para a cozinha e foi vigiar a panela. Francisco sempre chegava às seis em ponto, eram cinco e meia, o bebê dormia e a panela fervia.

Soraia enfiou a colher na panela e provou, vou chamar Vanda. Ligou para Vanda, Vanda veio, Soraia sabia que só tinha meia hora para conversar com Vanda, mas queria e conversou. Ficaram as duas na cozinha, Soraia indo e voltando da sala, pondo a mesa, Vanda falando da vida, da casa, da comida; às vezes Soraia ouvia o bebê chorar, olhava e não era nada, e Vanda disse que isso era comum, e Soraia se sentiu melhor, então era comum, que bom.

Francisco chegou sério e silencioso, Francisco sempre chegava sério e silencioso, e estranhou ao ver Vanda, e Soraia viu o relógio: era cinco para as seis. Ela já ia se despedir de Vanda, mas nem precisou, Vanda se despediu primeiro e saiu, e Francisco foi sério e silencioso lavar as mãos, e foi para a sala, e se sentou à mesa, e Soraia trouxe orgulhosa a panela com o picadinho, ela sempre levava orgulhosa a panela com o picadinho, ela sabia que ele ficava feliz quando era picadinho.

Ele começou a comer, ela começou a comer, ele começou a falar, era uma ou outra palavra solta, uma ou outra frase curta, que ela pegava no ar e respondia, ela que também usava palavras soltas e frases curtas, naquela casa em que o som do bebê e das panelas era muito mais alto que o das conversas. Ela não sentia falta de falar mais com ele, ela nem pensava nisso, no início tinha pensado, era verdade, mas no início ela era outra pessoa, e o início não importava mais. Naquela casa não havia fantasmas, ou, se havia, era por muito pouco tempo, ali os fantasmas entravam e logo eram expulsos, enxotados, os fantasmas apanhavam com vassoura e iam para o lixo. Os dias eram diretos, as horas eram números, os anos eram números, tudo era número, tudo era palpável, concreto, visível, e no meio de tudo isso ficava solto o choro do bebê quando ele não chorava, e Soraia estranhava, mas Vanda tinha falado que era comum, que bom.

Ela mordia a carne e agora aproveitava o silêncio da mesa, o silêncio que sempre era acolhido com leveza, que se sentava à mesa como se fosse um convidado da família. No início, quando ela era outra, o silêncio também era outro, o silêncio era opressor, um invasor inconveniente. Ela era tão nova, se sentia tão sozinha, tinha vontade de sair correndo e não sabia o que fazer com essa vontade, nem sabia bem que vontade era essa, mas sabia que não podia falar dessa vontade com Francisco, e amassava essa vontade dentro dela e a jogava em qualquer canto. Mas a vontade era esperta, a vontade era inquieta e a chamava, lá de dentro, com sua vozinha espremida dentro do amassado. Ela ficava perdida, se sentia tão sozinha, e se perguntava por que se sentia mais sozinha quando ele estava em casa do que quando não estava.

Antes de casar, ela vivia numa casa cheia: tinha pai, mãe, irmão e irmã, e o irmão e a irmã casaram, foram embora, e era normal que casassem, fossem embora, mas, espera, será que isso vai ser bom? Ela não gostava de ficar só com a mãe e o pai, ela ficaria só com o marido, será que isso vai ser bom? Chegou a comentar com a avó, a avó riu, é claro que era bom, senão ninguém casava, e ela se sentiu melhor, era bom ouvir aquilo da avó.

Um ano depois, ela estava casada com aquele que era quase um desconhecido, aquele que agradava tanto seu pai e sua mãe, aquele que lhe causava um certo temor, mas era um temor bom, era pesado, mas ela gostava do peso da presença daquele homem, gostava quando ele chegava e se sentava, ele estava ali por ela, e a mãe dela trazia os doces e o café por ela, e ele se despedia e voltava por ela. Ela também gostou de ver que seu enxoval ia para algum lugar, tinha feito o enxoval desde tão nova e tão sem saber para que ele servia, sentia vergonha de perguntar, era tão natural fazer enxoval que tinha vergonha de perguntar, para que é isso mesmo, como, por quê. As perguntas foram morrendo dentro dela antes de saírem, morreram de asfixia, e foram asfixiando com elas todos os porquês, e ela foi matando sem dor cada um de seus porquês, ela que rezava todas as noites e sabia que só isso nele desagradava a mãe, ele não rezava.

Quando ela entrou pelo tapete vermelho da igreja, braços dados com o pai, seus porquês já haviam morrido, e ela agora aproveitava, ela que achou a igreja linda, que se orgulhava de seu vestido, que gostava de se lembrar do seu enxoval, que se encantava com cada uma das flores da igreja, tudo isso é para mim, é para mim. Tinha gostado tanto de abrir os presentes, havia gostado tanto dos abraços, dos beijos, dos parabéns, era tão bom receber parabéns, era tão bom saber que agora, em vez de alguns porquês, tinha parabéns, parabéns, abraços, beijos e presentes.

Por isso, estranhou muito quando se viu sozinha na casa com ele, ela estava tão feliz com os parabéns, mas agora estranhava tanto, estranhava aquela solidão que combinava tanto com os móveis, aquele silêncio que frequentava a casa com intimidade, a hora de acordar, a hora de dormir, principalmente a hora de dormir. Sem alguns porquês, o estranhamento dançava solto dentro dela, o estranhamento não sabia que direção seguir, e só dançava, e só a dispersava, a azedava, a deixava zonza. Ela se sentia diferente na hora de visitar os parentes, na hora de conversar com os vizinhos, era tudo tão diferente, ela era outra ela e era como se não se encaixasse mais em seu corpo, naquela casa, naqueles dias, naquele estranhamento contínuo que não saía dela. Os parentes chegavam e perguntavam se ela estava bem, ela vivia com os olhos úmidos e pálidos, Francisco uma vez disse que ela tinha que parar com isso, ele não perguntou sobre a palidez e a umidade, ele só disse: Você está estranha, você precisa parar com isso.

E ela demorou, mas foi parando com isso, foi se desestranhando, foi desaprendendo a inquietação e aprendendo seu novo dia, foi arrumando a casa, cozinhando, acordando, dormindo, comprando, conversando, costurando, recebendo, visitando. Ela conversava com Vanda durante o dia e se sentia sozinha quando ele chegava à noite, mas foi parando com isso, agora ela olhava o relógio e começava a preparar o jantar, ela servia o jantar, ela se sentava com ele, ela comia, e o pouco ou muito que falava não a incomodava, o pouco ou muito que ouvia não a incomodava, ela que foi parando com isso, que foi reduzindo o mundo todo até o mundo virar as coisas que ela fazia, as coisas desde a hora de acordar até a hora de dormir, as coisas que começavam todas de novo no outro dia, a lã, os ovos, o leite, o açougue, a casa, a cozinha, o banho, o fogo, a água. Agora que ela tinha parado com isso, ela tinha voltado a gostar de viver, ela gostava da casa e do marido do jeito que a casa e o marido eram, ela gostava da vida do jeito que a vida era, era como se a vida fosse um macio e confortável par de sapatos bem do tamanho dos pés dela.

Naquela noite, depois de comer o picadinho, ela tirou a mesa e foi amamentar o bebê, dessa vez o bebê tinha chorado e ela ouviu sem duvidar, e foi para o quarto e pegou o bebê e sentou. Da sala, Francisco comentou que iria logo ali e já voltava, ela concordou, não sabia onde era ali e não sabia que ele não ia voltar. Ela deu o peito como sempre dava, ela que sempre tinha gostado muito daquele bebê, que conheceu a mãe quando ela já estava muito tranquila, muito ajeitada nos dias, quando nem se lembrava mais como era viver se ajustando, precisando, tentando, buscando, e como vivem essas pessoas que ficam se ajustando, precisando, tentando, buscando. Ela deu o peito, segurou o bebê, andou pela casa com muita naturalidade, fez o bebê arrotar com muita naturalidade, devolveu o bebê para o berço com muita naturalidade, lavou a louça e saiu de casa, foi conversar com a vizinha, a vizinha que estava na porta da casa olhando a rua com muita naturalidade. Ficaram conversando, o tempo foi passando e uma coisa se quebrou dentro dela quando veio o menino e disse: Corre, que seu Francisco teve um ataque. Ela segurou a coisa que tinha se quebrado dentro dela e foi correndo, a vizinha tinha gritado pelo vizinho e foram os três correndo, e os três viram Francisco deitado no chão no meio do bar, tinha uma roda em volta de Francisco, a roda era toda de olhares pesados, um homem tinha o pulso de Francisco na mão e o olhar mais pesado de todos, e Soraia ficou lá, olhando e segurando o que tinha se quebrado dentro dela, olhando e segurando, olhando e segurando.

Depois do velório, depois da missa de sétimo dia, depois dos abraços e dos pêsames, Soraia colou dentro de si o que tinha quebrado, Soraia que tinha passado o tempo todo segurando aqueles cacos muito bem segurados.

Capítulo Vinte

Vieram alguns dias de calmaria.

Ísis e Cláudia mal se encontravam, Ísis saía de casa cedo e Cláudia levava e buscava Paula na escola. De manhã, Cláudia ajudava Paula na lição, Paula queria descer, mas Cláudia cobrava, primeiro a lição, e Paula obedecia, Paula não sabia, mas gostava de obedecer Cláudia. Cláudia ia ao supermercado, comprava, voltava e fazia o almoço, as duas almoçavam, Cláudia levava, lavava, arrumava e tinha a tarde para ela, às vezes recebia algum fantasma.

Agora, não via as fotografias enquanto ouvia música. Agora, tinha músicas novas, tinha dedicado uma de suas tardes a comprar músicas novas, e preferia ouvir essas músicas novas enquanto andava pela casa, enquanto deixava a cabeça correr para onde quisesse ir. A cabeça às vezes ia longe, às vezes ficava perto, e ia mais para as oficinas do que para Rogério, e mais para o violino do que ela queria que fosse. Às vezes, ela começava a pensar no que queria fazer da vida, mas já estava fazendo, estava deixando a cabeça solta enquanto ouvia música, e era impressionante como as horas passavam rápido com a cabeça solta, ainda mais quando ela se soltava das partes. Às vezes, a cabeça se soltava das partes, Rogério, oficina, violino, Ísis, Paula, e tentava abraçar o todo, tentava alcançar o mundo, tentava fazer com que ela sentisse tudo ao mesmo tempo. Era como se ela tivesse se destacado de cada coisa em particular e voado, voado para o universo onde tudo estava junto, para um conjunto onde nada existia sozinho. Nessas horas, ela gostava de abrir a janela e olhar lá fora, enquanto a música tocava, e então ela olhava tudo, as árvores, as pessoas, as nuvens, os prédios, os átomos, os cheiros, as causas, as formas, os porquês, os para quês, tudo ao mesmo tempo, tudo, e se sentia viva.

Se estava viva sempre, por que só se sentia viva algumas vezes? Ela queria se sentir viva mais vezes, e ria com essa ideia, enquanto ouvia música, e às vezes pensava que coisa esquisita, que sensação grande, que alegria sem explicação, será que estou ficando louca?

Sentia-se mais ligada à Paula depois que começou a dividir seus dias com ela. Uma vez, quando foi buscá-la na escola, brincou consigo mesma que eram mãe e filha. Era bom ter aquela filhinha bonita, que corria lá embaixo, que ficava muda por qualquer motivo, que fechava a cara, mas também se abria, respondia, comia seu almoço, fazia a lição. Paula foi ficando cada vez mais interessante: Paula corria, Paula escolhia quando se abrir e quando se fechar, Paula corria, corria.

Cláudia gostava de pegar os cadernos de Paula e folhear enquanto estavam sentadas lado a lado, enquanto Paula fazia a lição e lhe fazia uma ou outra pergunta, e lhe mostrava um ou outro escrito. Gostava de ver a letrinha redonda de Paula, as pautas rodeadas por margens vermelhas traçadas com força, a data no início de cada página, os lembretes, as anotações das lições, as cópias da lousa. Os olhos de Cláudia saltavam do caderno para Paula, e que bom era sentar ao lado daquela letra redonda, das anotações das lições, das cópias da lousa. Quando a lição acabava, Paula, tão concentrada, tão prestando atenção em tudo e fazendo tudo sem pressa, fechava o caderno com força e deixava tudo em cima da mesa e pulava da cadeira e abria a porta e descia, e não se via nem rastro de Paula, e Cláudia sorria. Paula conseguia estar em tudo, estava no mundo e no fino tecido que amarrava delicadamente o mundo, e Cláudia ficava sentada à mesa olhando os materiais, pensando em como Paula conseguia.

À noite, Ísis chegava cansada e fechada, trancada em pequeninos compartimentos. Às vezes, em curtas frações de tempo, Ísis e Cláudia se encontravam no mesmo lugar, e conseguiam se ver, e conseguiam conversar, mas depois se separavam novamente, e o assunto morria, não de morte natural, mas caído no vale de um abismo.

A separação chegou num sábado, não chegou mansa, ela não gosta de mansidão, mas não assustou ninguém. Já tinha mandado recados, já tinha dado telefonemas, e agora aparecia conforme o combinado, e agora simplesmente esperava que alguém fosse buscá-la.

Cláudia havia saído de manhã para ir à feira, era um novo hábito, ir à feira e escolher as frutas, e ver as cores, os cheiros, as pessoas. Paula costumava ir com ela, mas dessa vez Paula quis passar o dia na casa de uma amiga da escola, Ísis passava o dia na igreja, Cláudia foi à feira sozinha.

Pagando as laranjas, Cláudia levou um susto, viu um sujeito pulando entre os outros, um rosto que fazia parte de algo que ela também fazia, e então reconheceu, era um colega de faculdade, qual o nome dele mesmo? Juliano. Ela não sabia se cumprimentava, ele não estava olhando, ela podia ignorar, ela podia ir, mas ela se aproximou, ele olhou.

Que surpresa, você se mudou, eu também, que coincidência, o que tem feito, tenho tocado, e você, eu não, mas que bom te ver, você mora aqui perto, que bom te ver.

Enquanto ouvia aquele homem em meio ao barulho de sacolas, preços gritados e promoções sorridentes, Cláudia puxou o que se lembrava de Juliano, eles se davam bem, eles conversavam de vez em quando, ele tocava piano e era só isso. Mas ali, na feira, Juliano não era só alguém de quem ela se lembrava, era alguém conversando com ela, era alguém presente, e sabe-se lá por que ela prestou atenção de uma maneira especial àquela voz, àquele rosto, àquele homem magro e descontraído que pareceria um músico a um ou a vinte metros de distância. Eles já estavam para se despedir e o momento já se contentava em ficar ali, jogado na feira com as cascas pelo chão, mas Juliano foi tomado por um ímpeto de convidá-la para jantar, ela foi tomada por um ímpeto de aceitar, e marcaram um lugar para aquela noite mesmo, e ela foi para casa tremendo, carregando uma sacola de laranjas diferente de todas que já havia carregado.

Entrou no apartamento sorrindo e querendo abraçar Paula, que pena que Paula não estava, encontrou-se inesperadamente com Ísis, já chegou, já cheguei, fui à feira. Cláudia foi à cozinha, Ísis veio atrás e Cláudia não ia falar nada, mas Ísis perguntou por que ela sorria e ela contou, tinha reencontrado um colega, tinha encontrado alguém, ia sair à noite, que travessura, que inesperado, ia sair.

– Sair, eu gostaria de saber onde estão as memórias de seu marido agora, Ísis disse.

Cláudia parou, Ísis continuou.

– Estou tão decepcionada com você. Não esperava isso, eu fico na igreja o dia todo, eu oro por você e por minha mãe, e o que vocês fazem? Minha mãe agora nem domingo vai mais, você não vai à missa comigo, não me ajuda em nada, e resolve sair com homens, você que é viúva e deveria rezar pelo seu marido, você que deveria ter senso do ridículo, se dar conta de sua idade, você, que decepção!

Cláudia falou, não foi ouvida, Ísis continuou falando, Cláudia ouviu e não respondeu, pegou suas coisas e foi embora, e no caminho para casa ainda lutava contra a respiração nervosa, o peito oprimido e os passos duros, e ao abrir a porta de casa só lamentou não ter se despedido de Paula.

Capítulo Vinte e Um

Ísis entrava na igreja, rezava, comungava, voltava, fazia almoço, rezava, almoçava, levava Paula, voltava para a igreja, rezava, dava oficina, dava outra oficina, conversava, ajoelhava, rezava, comia, resolvia, voltava, buscava Paula, rezava, rezava, dormia.

Cláudia arrumava a casa, fazia compras, pagava contas, ouvia música, cozinhava, almoçava, lia, ouvia mais música, saía com Juliano, jantavam, conversavam, riam, beijavam, dormiam, ela dormia abraçada a ele, ela se sentia bem.

Cláudia tinha conhecido alguns amigos de Juliano, tinha ouvido Juliano tocar, Juliano tinha uma banda, ela ouvia a banda no bar, e ela gostava da banda, ela admirava a banda, e conversava com os amigos de Juliano. Ela comia, e ria, e dormia com Juliano não todo dia, às vezes na casa dele, às vezes na sua casa. No início, ela sentia uma resistência a falar sobre música, ela e Juliano conversavam sobre a vida, mas os amigos eram todos músicos, e quando ela se deu conta estava ouvindo e falando sobre música, e no início a resistência era cheia de pedregulhos, ela se cortou, mas foi se ajeitando com cuidado e quando se deu conta estava correndo sobre os pedregulhos.

Soraia sentou para conversar com Ísis, Ísis tinha voltado um dia da igreja tão esquisita, chorando, não queria conversar com ninguém da igreja, não queria telefonar para Cláudia, telefonou para Soraia, Soraia foi e elas se abraçaram, Ísis disse que estava cansada, Soraia propôs uma viagem as três, Paula logo entraria em férias, por que não, fazia tantos anos, por que não? Ísis foi planejando a viagem, e foi parando de rezar, e foi planejando, e foi parando, e agora só assistia à missa aos domingos e dava as oficinas na igreja duas vezes por semana, e mal se concentrava nas oficinas, estava concentrada na viagem, seria uma grande viagem, iriam pela primeira vez para fora do país, as três, ela pensava, imaginava, planejava, sonhava, calculava, sonhava, sonhava. Veio o primeiro domingo sem missa, as oficinas continuaram duas vezes por semana, os domingos voltaram relutantes até que veio o segundo domingo sem missa. Chegou uma semana com apenas uma oficina, veio um preciso descansar por um tempo, alguém pode dar a oficina no meu lugar, e então veio um até logo, e então veio um adeus, me desculpe, mas não posso mais, adeus, sinto muito, adeus às oficinas e às missas. Agora, Cláudia estava no bar, era quarta-feira, era a última vez que via Juliano tocar antes de ele ir embora, ela sabia que ele iria, ele havia dito logo no primeiro dia, ela sabia, ela evitava lembrar, mas agora não tinha como. Ele nunca a tinha chamado para ir com ela, mas ela queria, ela havia juntado tanta coragem para lhe dizer que queria, como queria, e ele disse com tanto pesar que iria sozinho, que gostava dela, mas que iria sozinho, e agora ela o via tocar e se lembrava de que aquela foi a última vez, aquela despedida foi um fantasma que não vinha de trás, vinha da frente, vinha e a assustava, e ela olhava Juliano ali e já não o via, e já não o sentia.

Naquela noite, depois do bar, enquanto Juliano dormia, ela estava de olhos abertos, ela passava a mão no cabelo dele e o olhava, e não queria fazer nenhum som, e por isso não puxava de volta a coriza salgada que saía de seu nariz e molhava sua boca. No dia seguinte ele partiria, e os olhos dela estavam tão abertos e tão molhados. Ali, deitada na cama, nua, olhando Juliano, ela quis reviver tudo em sua mente e reviveu, da feira àquela cama, dos seus olhos secos àqueles olhos molhados, e agora a coriza era tanta que ela puxava, e tirava as mãos do cabelo dele para levá-las ao seu rosto.

O dia da despedida chegou e ela acordou com as pernas bambas, ele estava agradável durante o café da manhã, ele tinha planejado aquela ida sem volta havia anos, ele estava agradável e ela sentia as pernas bambas. No café da manhã, na mesa da sala, só ele sorriu, e ela tentou, mas acabou chorando, e eles se abraçaram e ele a lembrou de como ela era especial e de como havia sido maravilhoso terem se encontrado e vivido. Ali, na mesa do café da manhã, ela não achava nada maravilhoso, não via beleza em nada, só via o que ia, e como o peito apertou no aeroporto, quando se despediu dele, da família dele, dos amigos dele e daquela Cláudia que convivia com ele, aquela Cláudia cheia de sorte, aquela Cláudia cheia de bares, de conversas, de cama, de despertar, de dias felizes.

Ela entrou em casa fraca, e mal viu os móveis, e mal sentiu seu corpo se deitar na cama, e não planejava dormir, mas dormiu, e acordou com fome, e comeu e voltou a dormir. Quando acordou, sua mente alternava tristeza silenciosa e momentos que tinham Juliano, momentos que passavam várias vezes e de vários ângulos, às vezes quase repetindo o que havia acontecido, às vezes com o desfecho alterado, e ela não sabia o que fazer com esses momentos, e não sabia o que fazer com o seu dia, ela que não queria se vestir, não queria se arrumar, não queria ver que horas eram.

Cláudia não saberia dizer o que fez com que ela, depois de dois dias dormindo, comendo e andando pela casa sem força e sem vontade, abrisse o estojo do violino.

Suas mãos ainda estavam trêmulas quando ela deslizou o arco pela corda sol e a afinou. Ela fez o mesmo com as outras três cordas, ela estava sentada no chão e fazia tudo muito rapidamente, muito sem cuidado e sem certeza e sem pensar. E então, com o queixo frouxamente encostado no violino e o arco bambo na mão direita, ela se levantou.

O arco começou com vergonha das cordas, as primeiras notas vieram indecisas, os primeiros dedos se perderam no caminho entre um tom e outro. E as notas começaram a se atropelar, os dedos perseguiram desesperados os tons, o queixo grudou na madeira com força, e o arco agora machucava as cordas, e o som saiu agitado, eufórico, afoito, e então os dedos, o arco e o queixo se entreolharam e respiraram fundo, e o som veio com suavidade, e agora a música saía como se saísse sempre, como se não temesse nada. Quando a música terminou, Cláudia, sentindo todos os dedos doloridos e felizes, desmanchou-se agachada, desgrudou o violino do queixo e o deitou delicadamente em seu colo, e ficaram abraçados por um longo tempo.

Longe dali, Ísis saía apressada do hotel, com o coração descompassado e os olhos ávidos, ansiosos para engolir cada instante daquela viagem.